WIDMUNG

Ich widme dieses Buch meinen Eltern, die
mich immer unterstützt haben.
Sie haben mich mit viel Liebe und Humor
erzogen.
Ich möchte mich auf diesem Weg
bedanken, dass sie dies ohne Gewalt
erreicht haben.

Der
Kredithai

1. Kapitel

SAMSTAG

Es wehte ein kühler Frühlingswind über meine, von mir selbst entworfene und vom Nachbarn erbaute, braune Veranda. Wie immer trank ich am Morgen einen Pfefferminztee aus einer uralten, hässlichen Tasse, die ich vor einigen Jahren von meiner Oma zum Geburtstag geschenkt bekommen hatte. In der linken Hand die Tasse, blätterte ich mit der Rechten meine tägliche Thurgauer Zeitung durch. Als ich auf die Uhr schaute bemerkte ich, dass ich mal wieder zu spät zur Arbeit kommen würde. Husch zog ich meine, an den Knien zerrissene Jeans und ein dunkelgrünes, mit etwas Glitzer besticktes Shirt an, und rannte Richtung Auto. Ich setzte mich in meinen erst neulich gekauften, schwarzen Renault Megâne und fuhr, besser gesagt raste nach Frauenfeld zum Polizeirevier.

Mit einer knappen Viertelstunde Verspätung kam ich auf dem Parkplatz, wo mich bereits mein etwas dicklicher, kahl geschorener Chef ungeduldig erwartete, an. „Na endlich! Wieder einmal zu lange Zeitung gelesen? Sofort in mein Büro." Fauchte er mich an. Marschierend folgte ich ihm ins Gebäude, und dann die Treppen hoch in sein Büro.

Ich denke sie wissen noch nicht wer ich bin, oder? Wird also Zeit, dass ich mich kurz vorstelle: Mein Name ist Isabelle Gross, ich bin 30 Jahre alt und arbeite seit drei Jahren als Kriminalpolizistin im Polizeirevier in Frauenfeld. Ich bin eine von der Sorte, die öfters mal zu spät kommt.

Mit der Befürchtung, er würde mir einen Vortrag über das *Zu spät kommen* halten, folgte ich ihm nun in sein neu eingerichtetes, mit Blumen und Bildern dekoriertes Büro. „Setz dich, Gross." Mit der rechten Hand zeigte er auf einen braunen Stuhl, dann fuhr er fort. „Was ich von zu spät kommen halte weißt du ja bereits. Deswegen habe ich dich nicht in mein Büro gerufen. Gestern Nachmittag wurde ein zehnjähriger Junge vom Schulhof, laut Zeugenaussage von einem grossen dunkelhaarigen Mann entführt." Ich hielt einen Augenblick lang inne. Wie können Menschen nur so grausam sein. Es muss schrecklich für die Eltern sein nicht zu wissen wo das Kind ist, und ob es überhaupt noch lebt. „Der Junge heisst Matthias Seng." Riss er mich aus meinen Gedanken. „Hier hast du die Adressen der Eltern und der Schule. Mach dich gleich an die Arbeit." Er überreichte mir ein Stück Papier auf dem zwei Adressen, kaum leserlich aufgeschrieben waren. *Primarschule Oberwiess, Rosenstrasse 3, 8500 Frauenfeld* und *Herr und Frau Seng, Waisenstrasse 1, 8500 Frauenfeld.* Na dann, an die Arbeit. Mit dem Zettel in der Hand verliess ich auch schon wieder das Gebäude.

Das gelbe Schulhaus strahlte hell in der Sonne. Aus meinem Renault steigend sah ich ein Horden Schüler ins Schulhaus strömen. Schnell schloss ich den Wagen zu und stolperte die Treppenstufen ins Gebäude hinauf. Glücklicherweise waren die Schüler vor mir in ihren Klassenzimmern verschwunden, so dass mir die Peinlichkeit erspart blieb. Da ich nicht wusste in welchem Klassenzimmer Matthias die Schulbank drückte, klopfte ich an der ersten, mit verschiedenen Fotos behangenen Tür. Auf den Fotos waren etwa siebenjährige Kinder zu sehen, alle mit einem breiten grinsen im Gesicht. Langsam öffnete eine ältere Frau und guckte aus dem Zimmer. „Kann ich ihnen helfen?" Ich streckte ihr meine Dienstmarke hin. „Kriminalpolizei. Mein Name ist Isabelle Gross, ich ermittle im Fall des entführten Matthias Seng." Sie senkte betroffen etwas ihre Augenlider. "Können sie mir sagen, wo ich sein Klassenzimmer finde?" „Natürlich. Kommen sie mit, ich zeig es ihnen." Sie befahl ihrer Klasse weiter zu machen, sie wäre gleich zurück. Ich folgte ihren alten, grauen Gesundheitsschuhen zu Matthias' Klassenzimmer. Die Treppenstufen hinauf hatte die ältere Frau bereits so ihre Mühe. Als wir dann vor einer, diesmal orangefarbenen Tür halt machten, klopfte sie an der und verschwand gleich wieder. Es öffnete ein gut aussehender, braunhaariger Mann Mitte vierzig. „Guten Tag." „Guten Tag." Begrüssten wir uns. „Kriminalpolizistin Gross. Sind sie der Lehrer von Matthias Seng?" Mit seinen wunderschönen blauen Augen schaute er mich hoffnungsvoll an. „Ja, ich bin sein Lehrer. Gibt es schon was Neues?" „Tut mir leid, es gibt noch nichts Neues. Mir wurde gesagt dass ein Junge aus ihrer Klasse was gesehen haben soll." „Daniel Witter." Fiel er mir ins Wort, indem er die Türe noch ganz öffnete und mich mit dem Arm ins Klassenzimmer bat. Er trug schwarze Hosen, dunkle Turnschuhe und ein blaues Poloshirt. „Nicht nur Daniel, auch ich habe was beobachtet." Ich war überrascht, da mir nur ein Zeuge bekannt war. „Sie werde ich später befragen." Mehr als zwanzig Kinder schauten mich neugierig an. „Daniel, kommst du bitte mal?" Der kleine, schwarzhaarige dünne Junge stand von seinem holzigen Stuhl auf und watschte uninteressiert zu uns. „Das ist Frau Gross. Sie möchte dir gerne einige Fragen stellen." Bedrückt schaute mich der kleine Daniel an. „Es geht um Matthias, nicht war?" Fragte er neugierig. Ich schaute seinen Lehrer an. „Kann ich irgendwo ungestört mit ihm reden?" „Selbstverständlich." Nickte er und führte uns in ein kleines Zimmer, indem sich nur ein Tisch und drei Stühle befanden. Während ich mich bei ihm bedankte schloss er die Tür hinter sich zu. „Setz dich doch." Forderte ich Daniel auf, und er setzte sich auf den bereits erneuerungsbedürftigen Stuhl. Auch ich setzte mich und zog meinen Papierblock und einen Kugelschreiber aus meiner grossen, braunen Ledertasche. „Sag mal, was hast du denn Gestern nach der Schule gesehen?" Er überlegte nicht lange. „Matthias stieg zu einem grossen, starken Mann ins Auto." Natürlich musste ich mehr wissen. „Kannst du dich noch an die Farbe des Wagens erinnern? Ist Matthias freiwillig mit, oder hat ihn der Mann gezwungen in den Wagen zu steigen?" Einen Augenblick war es ruhig. „Es war ein schwarzes Auto. So einen, den man für die Berge braucht." Jedes Wort dass er aussprach notierte ich mir auf meinem Block. „Weißt du vielleicht noch ob er freiwillig in den Wagen stieg?" „Na ja.." überlegte er kurz, die Hände ineinander gefaltet. „Der Mann hat ihm was gesagt, worauf Matthias alleine ins Auto stieg." „Und wo warst du zu dieser Zeit?" Er kratzte sich am Nacken, dann fuhr er mit erröteten Wangen fort. „Matthias und ich hatten unsere Hausaufgaben nicht gemacht und mussten deswegen nachsitzen. Er war jedoch vor mir mit der Strafarbeit fertig, und durfte deshalb früher gehen." Noch am schreiben fragte ich ihn wie es weiterging. „Da ich am Fenster sass, schaute ich immer wieder hinaus. Ich sah von weitem ein grosses Auto. Es parkte auf dem Schulhof." Ich notierte mir das, was er erzählte und verlangte seine Adresse. *Daniel Müller, Palmenweg 33, 8500 Frauenfeld.*

Zurück in seinem Klassenzimmer streckte mir der Lehrer seine Visitenkarte hin. Mit dunkelblauer Schrift geschrieben stand *Mario Kahner, Im Rösli 1, 8500 Frauenfeld* drauf. „Ich werde sie anrufen, Herr Kahner." Sagte ich ihm tief in seine blauen

Augen blickend, mit einem schmunzeln im Gesicht. „An Werktagen bin ich ab 18 Uhr zu Hause, heute ab 14 Uhr und morgen Sonntag werde ich den ganzen Tag zu Hause sein." Seine Visitenkarte steckte ich mir in meine Hosentasche. „Haben die Kinder eigentlich jeden Samstag Schule? Ich habe gedacht das wäre abgeschafft worden." „Ja, heute ist eine Ausnahme. Wir holen nach, da die Kinder letzten Montag wegen einem Lehrerseminar frei hatten." „Ach so. Sie hören von mir." Verabschiedete ich mich. Zurück in meinem Wagen dachte ich, dass es wohl noch ein langes Wochenende werden würde. Auf der Hauptstrasse Richtung Büro herrschte reger Verkehr.

An meinem Schreibtisch ging ich einige Akten vermisster Kinder durch, und fragte mich was wohl mit dem Jungen geschehen ist. Lebt er noch? Wird er zu pornografischen Fotos gezwungen? Noch in meinen Gedanken gefangen fragte mich mein Kollege, dessen Uniform bald zu platzen schien, ob ich Lust auf ne Pizza hätte. Wir bestellten uns eine Familienpizza (da es immer wieder Kollegen gibt, die auch einen Happen wollen) mit Salami und viel Käse.

Nach etwas mehr als 30 Minuten kam unsere Pizza. „Hallo zusammen." „Hallo Sandra. Na, Wie geht's denn so?" Begrüsste ich sie. Sandra kannte uns bereits einige Zeit, da wir öfters mal eine Pizza bestellten. Sie hatte lange, rote wunderschöne Haare und war stets schön geschminkt. Tom, Mein Kollege der die Idee mit der Mega-Pizza hatte, aber eigentlich keine mehr essen sollte, bezahlte das Essen. „Nächstes Mal bist du dran, Isabelle!" Sagte er mit einem Augenzwinkern.

Nach dem Essen machte ich mich auf den Weg zu dem Haus von Familie Seng.
Ein schmaler, gepflasterter Weg führte durch einen mit bunten Blumen bepflanzten Garten zum Haus. Es war ein so genanntes Glashaus. Wenig, mit roter Farbe gestrichenem Beton, dafür um so mehr Glas. Grosse Fenster brachten sehr viel Licht in die einzelnen Räume. Vor der gigantischen Glastüre standen zwei Polizisten. An ihnen vorbeigehend, schauten sie mir hinterher. Plötzlich, kurz bevor ich klingeln wollte, hielt mich einer der Polizisten an. „Hier haben **weibliche Polizisten** nichts zu suchen." Sein Blick überflog meinen ganzen Körper. Von Kopf bis Fuss. „Kriminalpolizistin

Isabelle Gross!" Fauchte ich ihn genervt an, streckte ihm meine Dienstmarke ins Gesicht und drückte die Klingel. Eine zierliche, kleine Frau mit langen blonden Haaren öffnete die Tür. „Guten Tag." Begrüsste ich sie, die Marke noch in der Hand. „Sind sie Frau Seng, die Mutter von Matthias?" Sie nickte schwach und schaute mich neugierig an. „Kriminalpolizistin Isabelle Gross. Kann ich ihnen ein paar Fragen stellen?" „Ja, kommen sie ins Wohnzimmer." Der Weg zum Wohnzimmer führte durch einen etwa drei Meter breiten, und etlichen Meter längeren Flur. Ja, das war wahrlich ein kleines Schloss. Links und rechts in zwei Metern abstand befand sich jeweils eine Statue. Rechts waren weibliche Formen zu erkennen, links männliche, mit einem Speer in der Hand. An den Wänden hingen, so wie ich das beurteilen konnte, teure Gemälde auf denen die Familie zu sehen war. Der Flur wurde gegen Ende breiter. Ein riesiges, rotes Sofa, mit weissen Kissen belegt erwartete mich im mit Sonnenlicht durchhellten Wohnzimmer. Der weiss-graue Marmorboden verlieh diesem Raum eine ganz besonders edle Note. Ein grosser Plasma Fernseher hing an der Wand, und viele Gemälde von verschiedenen Landschaften umrahmten eine doch warme Atmosphäre. Ein Mann im dunkelblauen Hemd stand auf und reichte mir die Hand. „Konrad Seng." Begrüsste er mich. „Gross. Es tut mir leid, aber ich muss ihnen einige Fragen stellen." Mit beiden Händen aufs Sofa zeigend bat er mich, mich zu setzen. Meinen Schreibblock und den Kugelschreiber bereit, begann ich mit der Fragerei: „Sie haben Matthias gestern um 18 Uhr vermisst gemeldet." „Ja," bevor ich meine Frage stellen konnte antwortete die im gelben Sommerkleid bekleidete Frau Seng. „Er kam von der Schule nicht nach Hause. Wir hatten vereinbart dass er gleich nach Hause kommt, da wir übers Wochenende zu den Grosseltern nach Romanshorn fahren wollten. Er hatte sich so darauf gefreut…" weinend vor Trauer konnte sie den Satz nicht zu Ende sprechen. „Sie rief all seine Freunde an," fuhr ihr Mann fort „doch niemand hatte ihn gesehen. Ich stieg daraufhin in meinen Wagen, um die ganze Gegend ab zu suchen. Er war wie vom Erdboden verschluckt." Weiter leitete Frau Seng wieder unser Gespräch. „Als mein Mann ohne Matthias nach Hause kam, rief ich gleich die Polizei an." Mein Blick richtete sich abwechselnd an den Mann und die Frau. „Haben sie irgendwelche Feinde? Kennen sie jemand, dem sie diese Tat zutrauen könnten?"

Sie schauten sich empört an. „Wir haben keine Feinde." Gab Herr Seng zur Antwort. Ich legte meine Schreibsachen zurück in meine Tasche. „Falls ihnen noch was einfällt," ich überreichte ihm meine Visitenkarte, „rufen sie mich an. Herr Seng, vielen Dank." Hände schüttelnd verabschiedeten wir uns. Vom Mann bereits verabschiedet, begleitete mich Frau Seng zur Tür. Wir reichten uns die Hände, ihre waren eiskalt und kraftlos. „Auch ihnen vielen Dank. Rufen sie mich an wenn was ist." Sie drehte sich um, und schloss die Tür hinter mir zu. Wieder an den zwei Polizisten vorbei, eilte ich in meinen Wagen.

Im Büro angekommen setzte ich mich auf meinen klapprigen Schreibtisch, um nach zu schauen was Konrad Seng arbeitete. Auf der Seite die ich suchte angekommen sah ich, dass vor fünf Monaten seine Firma pleite ging. Diese Seite musste ich gleich ausdrucken. Vom Stuhl aufspringend schnappte ich mir das Papier, eilte Richtung Büro des Chefs, und riss seine Tür auf. Verblüfft schaute er mich an. „Was gibt's denn so dringendes, dass du nicht mal anklopfen kannst?" Ich legte ihm das Blatt auf den Tisch. „Hier stimmt was nicht." Sein Blick erstarrte. „Möbel Seng. Konkursanmeldung

15.Februar 2007.." Er starrte mit offenem Mund aufs Blatt. „Familie Seng wohnt in einer riesen Hütte!" Brüllte ich im Büro herum. „Der Alte hat ihr doch sicher überhaupt nichts über diesen Konkurs gesagt." Herr Chef grübelte kurz darüber nach. „Geh' der Sache auf den Grund." Ich verliess sein neues Büro, holte mir einen Kaffee und setzte mich wieder auf meinen Stuhl. Während ich in den Unterlagen stöberte, kamen immer mehr Ungereimtheiten ans Licht.

Herr Seng war Geschäftsführer einer noblen Möbelmarke, und besass in der Schweiz mehrere Möbelhäuser. Doch er war ein schlechter Geschäftsmann. Auch an der Börse wollte er mit seiner Firma und anderen Aktien noch mehr Geld verdienen, verspekulierte sich aber öfters mal. Doch warum hatte er sein Haus noch nicht verkaufen müssen? Anscheinend war er doch total pleite. Nicht einmal der bekannte Konrad Seng würde es schaffen, kein Geld mehr zu besitzen, und doch in einer gigantischen Villa zu hausen. Sein Möbelhaus in Zürich war zur Zeit das einzige, welches noch nicht geschlossen wurde. Die Kaffeetasse auf dem Tisch stehen lassen, packte ich meine Schlüssel, verabschiedete mich mit der Hand winkend vom Chef, setzte mich in den Megâne und fuhr nach Zürich, direkt in den Abendverkehr. Im Radio versuchte eine Frau, deren Name ich nicht mitbekommen hatte, zu singen. Sie hatte eine grässlich quitschende Stimme. Das konnte ich meinen empfindlichen Ohren nicht länger zumuten. Ich nuschelte im Handschuhfach, meine Augen auf den Strassenverkehr gerichtet, eine CD hervor. Es war eine best of der siebziger Jahre. Das waren noch Zeiten, als die Musiker noch richtig gut singen konnten.

Der Parkplatz vor dem Möbelhaus war fast leer. Das Schaufenster war mit einem schwarzen Sofa, einem Glastisch dessen Beine wahrscheinlich so teuer waren wie mein ganzes Wohnzimmer, und einer schönen roten Stehlampe dekoriert. Die Türe öffnete sich von selbst, und ich trat ein. Meine Augen wussten gar nicht mehr wohin sie blicken sollten. Der Boden war mit weissem Laminat belegt, und überall wo man hinschaute konnte man nur das Edelste und Teuerste sehen. Ein Mann Mitte dreissig kam im schwarzen Anzug, schwarzen Schuhen, und einem wunderschön aussehendem hellgrünen Hemd auf mich zu. „Guten Tag, was darf ich ihnen zeigen?" „Nichts, danke. Kriminalpolizei." Ich zeigte ihm meine

Dienstmarke. „Gross. Ist Herr Seng hier an zu treffen?" „Nein, tut mir leid. Am Montag wird er wieder hier sein. Er wollte heute bei seiner Frau bleiben." „Können sie mir vielleicht sagen, weshalb die anderen Filialen geschlossen wurden?" Ich war neugierig auf seine Antwort. „Nun.." überlegte er, „Herr Seng wollte die hier in Zürich sicher behalten. Das Geschäft in den anderen Städten läuft nicht so gut wie hier. Mehr kann ich ihnen nicht sagen. Kommen sie doch am Montag wieder, dann ist er sicher hier. „Okay, das war's dann schon. Vielen dank." „Tut mir leid wenn ich ihnen nicht weiterhelfen konnte." Als ich zum Wagen watschte, fuhr ein silberner Ford focus auf den Parkplatz. Ein älterer Herr mit gestutztem, grauen Bart stieg aus. Wir begrüssten uns mit einem Kopfnicken und kleinem Lächeln im Gesicht. Durch den Abendverkehr zwängte ich meinen Wagen und mich sicher ins Büro zurück. Der Chef kam auf mich zu und wollte alles genau wissen. „Tja Chef, da gibt es nicht viel zu erzählen. Herr Seng war nicht da." Er presste seine Oberlippe auf die Unterlippe. „Dann gehst du bitte Morgen nochmals zu ihm nach Hause." „In Ordnung." Bestätigte ich, indem ich meinen Schreibtisch noch etwas herrichtete. Er stiefelte

zurück in sein Büro, und ich nahm meine Tasse, um
sie in den Geschirrspüler zu stellen.

Nach Feierabend holte ich mir beim Imbiss
nebenan einen Burger, dachte aber gleichzeitig
daran, wie ungesund ich mich innerhalb eines
Tages Ernähren konnte.

2. Kapitel

SONNTAG

Ich sass auf meiner, vom Ex-Freund hier gelassener, rot-weiss gestreifter Hollywood-Schaukel, und trank dabei eine Tasse Kaffee. Die Zeitung durfte selbstverständlich in meinem Morgenritual nicht fehlen. Gross auf der zweiten Seite konnte ich was über diesen Fall, und die Familie Seng lesen. In grosser, roter Schrift stand geschrieben:
SOHN VON KONRAD SENG ENTFÜHRT!
POLIZEI TAPPT IM DUNKELN. Natürlich tappten wir noch im dunkeln. Es war auch erst am Freitag geschehen.
Nachdem ich zu Ende gelesen hatte, musste ich zur Arbeit. Ich fuhr wie eine Verrückte durch die Strassen vom Thurgau.

Aus einer 1990 auf den Markt gekommenen, verkalkten Kaffeemaschine liess ich mir heissen

Kaffee in meine neue, gelbe Tasse giessen. Gerade, als ich den ersten Schluck schlürfen wollte, kam der Chef zu mir. „Gross, in mein Büro." Oh Mann.. Ich hasste seine Art mich ins Büro zu bestellen. Auf dem, man könnte meinen hundert Jahre altem, beigen zweier Sofa hinter der Tür, sass eine junge, schwarzhaarige Frau. Mir war sofort klar, weshalb sie da war. Vor knapp einem halben Jahr hatte ich meine Partnerin, Muriel Bandt verloren. Sie wurde von einem Sexualstraftäter Vergewaltigt und anschliessend ermordet. Es schaudert mich noch immer, wenn ich daran denken muss. „Gross." Unterbrach er meine Gedanken. "Das ist ab heute deine neue Partnerin, Stefanie Lang. Du hast lange genug alleine gearbeitet." Stefanie Lang erhob sich vom Sofa mit leicht roten Backen. „Freut mich." Begrüsste sie mich und reichte mir ihre Hand. Ein goldener Ring umfasste ihren linken Ringfinger. „Isabelle." Bot ich ihr das Du an. „Stafanie." Sagte sie händeschüttelnd mit einem Schmunzeln auf den Lippen. „So. Nun weih sie bitte in den Fall Seng ein, und zeig ihr ihren Schreibtisch." Noch beim verlassen des Büros klärte ich sie über den Fall auf, und führte sie zu ihrem Schreibtisch, an dem Muriel immer sass. „Das ist deiner. Es war der Schreibtisch meiner Partnerin." Stefanie wurde neugierig. „Abreitet sie nicht mehr hier?" Ich musste überlegen ob ich es ihr überhaupt erzählen sollte. Doch es war mir lieber, sie erfährt von mir was geschehen war, als von jemand anderem. Muriel war schliesslich zwei Jahre meine Partnerin. „Das ist eine lange Geschichte.." Ich atmete tief ein. Es fiel mir sehr schwer, darüber zu sprechen. „Wir waren hinter einem Sexualstraftäter her. Er hatte in vier Monaten fünf junge Frauen missbraucht und ermordet." Wir hielten inne. „Der Täter hatte es" fuhr ich fort, „auf Blondinen abgesehen. Er stiess über eine Kontaktanzeige im Internet auf seine Opfer. Als wir rausgefunden hatten welches Pseudonym er benutzte musste Muriel den Lockvogel spielen, da sie lange, blonde Haare hatte. Verkabelt und mit einem Mikrophon verklebt traf sie sich mit ihm in einer Kneipe. Nach zwei Drinks lud er sie in ein Hotelzimmer ein. Er sah ganz seriös aus. Trug einen schwarzen, schönen Anzug, und hatte eine gute Frisur gezaubert. Jedenfalls folgten wir ihnen in einem blauen, kleinen zivilen Auto, mussten aber vor dem Hotel im Wagen warten, während sich die SOKO im Hotel Platzierte. Danach ging alles ganz schnell. Der Täter entdeckte gleich, dass sie verkabelt war und zerstörte die kleine Wanze, die Muriel mit sich trug. Der Chef gab das Zeichen zum stürmen, doch im gleichen Moment mussten wir mit anhören wie ein Schuss viel. Ich riss die Wagentür auf und rannte durch die Drehtür ins Hotel. Die Treppenstufen hinauf zum vierten Stock." Stefanie hörte aufmerksam zu, die Hände vor dem Mund. „Im Zimmer angekommen war bereits ein Polizist der SOKO vor Muriel hingekniet und versuchte, sie wieder zu beleben. Doch der Versuch war zwecklos. Der Täter hatte ihr ins Ohr geschossen. Die anderen Jungs der SOKO verfolgten den Täter. Glücklicherweise waren unsere Jungs schneller als er, und sie konnten ihn festnehmen. Es war schrecklich. Ihre Augen waren noch geöffnet. Das ganze Gesicht war mit ihrem Blut überströmt, den Mund hatte sie leicht geöffnet, als ob sie mir noch was sagen wollte. Inzwischen fuhr der Leichenwagen vor. Sie deckten Muriel zu und brachten sie in die Leichenhalle." Es herrschte eiserne Stille. „Das tut mir sehr leid." Sagte Stefanie, ihren Blick nach unten auf den Schreibtisch gerichtet. „Was ist mit dem Täter?" Ich erzählte die Geschichte zu Ende. „Noch nicht viel. Er sitzt immer noch in Untersuchungshaft. Aber in zwei Tagen ist der Gerichtstermin." Ich lenkte unser Gespräch wieder zurück zum Fall

Seng. „Wir müssen uns Konrad Seng vorknöpfen. Komm, lass uns zu ihm nach Hause gehen." Sie packte ihre Schreibsachen ein, und wir stolzierten zum Parkplatz. „Nehmen wir deinen Wagen? Meiner ist uralt." „Kein Problem, dort wartet bereits meiner auf uns." Witzelte ich, wobei ich mit meinem Kopf zum Auto winkte. Mit ihrem dunkelblauen Nadelstreifenanzug, ihrer weissen Bluse, den roten, gelockten Haaren und der schwarzen Brille auf der Nase, setzte sie sich auf den Beifahrersitz. „Schönes Auto." Schwärmte sie, während ich aus dem Parkplatz rollte. „Sag mal, bist du verheiratet?" Wollte ich wissen. „Ja, seit drei Jahren, und wir haben eine süsse kleine Tochter." Sie zog aus ihrer Brieftasche ein Foto von ihr mit ihrer Tochter und dem Mann. Sie erklärte, mit dem Zeigefinger auf die jeweiligen Köpfe zeigend, wer wie alt ist, und was macht. „Zoé, meine Tochter. Sie wurde vor zwei Monaten ein Jahr alt. Das ist Bruno, mein Mann. Er arbeitet überall auf der Welt. Er ist Archäologe. Und das ist meine Wenigkeit." Die kleine Zoé war echt süss, aber der Rest der Familie war nicht so mein Fall.

Die Polizisten vor der Eingangstür wurden zu

unserem Glück abgezogen. Da sich Stefanie noch etwas zurück hielt, musste ich klingeln. Frau Seng öffnete weinend die Tür. „Frau Seng, was ist passiert?" Fragte ich, erschrocken über ihren Zustand. „Kommen sie rein. Hier entlang." Mit einem zitternden Handzeichen bat sie uns, ihr zum Garten zu folgen. In den Garten hinaus mussten wir durch einen sehr edel eingerichteten, und aufwändig dekorierten Wintergarten. Auch draussen erwartete uns purer Luxus. Der Sitzplatz war mit braunen Holzlatten bestückt, die von einem sehr gepflegtem Golfplatzrasen umgeben war, in dem in der Mitte ein Pool betoniert war. Wir setzten uns auf die Gartenstühle. „Was ist denn nun los, Frau Seng?" „Da mir gestern die Kraft fehlte die Post zu holen, wollte ich dies heute Morgen tun. Als ich die Post durchging, entdeckte ich das hier." Immer noch weinend, überreichte sie mir ein Stück Papier, auf dem stand: *500'000 Schweizer Franken bis morgen, Sonntag, 14 Uhr, oder der Junge ist tot.* Die einzelnen Buchstaben waren aus einer Zeitung geschnitten worden. „Ist ihr Mann zu Hause?" Fragte Stefanie. „Nein. Er musste ins Geschäft." Ich schaute sie an. „Rufen sie bitte ihren Mann an und sagen sie ihm, dass er nach Hause kommen muss, sie haben einen Brief bekommen."

In der Zwischenzeit informierte ich meinen Chef über den Brief, der sich gleich auf den Weg zu uns begab. Frau Seng bot uns einen Kaffee an. „Ich bin gleich wieder da." Sagte sie, und verschwand in der Küche. „Warum gerade 500'000 Franken?" Fragte mich Stefanie. „Ich habe bereits so meinen Verdacht. Es kann doch gut möglich sein, dass Herr Seng einem Kredithai in die Falle getappt ist." Flüsterte ich, damit uns Frau Seng nicht hören konnte. Auf dem Tisch lag ein Buch von Jason Elliot. Ein Brite, der drei Jahre lang den Iran bereiste. „Das kann gut möglich sein, aber lass uns erst mal abwarten, was der Mann dazu sagt." Kaum hatte sie den Satz zu Ende gesprochen kam Frau Seng mit unserem Kaffee. „Vielen dank. Wir müssen nun warten bis ihr Mann hier ist. Wir müssen ihm noch einige Fragen stellen." Sagte ich, und genoss den ersten Schluck. „Hat sich der Entführer vielleicht schon telefonisch gemeldet? Hat jemand angerufen, und gleich wieder aufgelegt?" Wollte ich wissen. Sie runzelte nachdenklich die Stirn. „Nein. Bis jetzt noch nicht." Ihre Tränen waren unterdessen getrocknet. Es klingelte an der Tür. Es war der Chef. Er sagte ihr gleich, dass wir das Telefon abhören müssten. „Der oder die Täter werden sich sicher wieder

melden." Erklärte er. Inzwischen war es elf Uhr,
also nur noch drei Stunden Zeit.

Herr Seng setzte sich benommen vom Schreck auf
den Stuhl. „Wer tut denn so was?" „Nun Herr
Seng.." Fing der Chef an, „das würden wir gerne
von ihnen wissen." Frau Seng schaute ihren Mann
sprachlos an. „Was? Was soll ich denn damit zu tun
haben. Glauben sie etwa, ich entführe meinen
eigenen Sohn?" „Herr Seng." Fuhr ich fort, „wir
wissen dass sie Schulden haben." Frau Seng fing
an zu weinen. „Wie bitte? Wir sind verschuldet?
Aber das kann doch gar nicht sein. Konrad, was ist
los? Was hast du getan?" Er schaute seine Frau an,
dann fuhren seine Blicke vor Scham wieder
Richtung Boden. „Ja, das stimmt. Die Geschäfte
laufen halt nicht mehr so gut wie früher. Aber das
gibt ihnen noch lange nicht das Recht mich zu
beschuldigen, meinen Sohn entführt zu haben."
„Herr Seng!" Meinem Chef platzte der Kragen.
„Sie haben sich an der Börse verspekuliert! Ihre
Geschäfte wurden geschlossen, ausser das in
Zürich." Da merkte Herr Seng, dass wir bereits
alles wussten, und klärte seine Frau auf. „Ich
suchte mir eine Ablenkung vom Alltag, und fing an

zu spielen. Es wurde zu einer Sucht. Ich verlor alles. Ein Mann, der auch im Casino verkehrte, sprach mich an. Wenn ich Geld bräuchte müsste ich nur zu ihm kommen. Am Ende hatte ich 500'000 Franken Spielschulden. Irgendwie musste ich das Geld auftreiben." „Mensch Konrad." Unterbrach ihn seine Frau. Mit Tränen in den Augen streifte er mit beiden Händen grob durchs Haar. „Was hätte ich denn sonst tun sollen? Jedenfalls konnte er mir noch am selben Abend das Geld geben, mit der Bedingung, ich zahle meine Raten regelmässig jede Woche. In meiner Verzweiflung nahm ich das Geld, und bezahlte meine Spielschulden. Doch da mir die anderen Geschäfte geschlossen wurden, konnte ich, nur noch mit einem Geschäft, nicht mehr so viel verdienen. Wir hatten vereinbart, dass ich ihm jede Woche 50'000 Franken überweise." Wir schüttelten unfassbar den Kopf. „Hier ist seine Visitenkarte." Er gab mir die Karte, und ich steckte sie gleich in meine Tasche. Dann sagte er was unglaubliches. „Ich habe vor einer Stunde das Geld überwiesen. Gestern Morgen bekam ich einen Anruf, ich sollte doch bitte das Geld überweisen." Wir schauten ihn alle verblüfft an. „Und? Schon was neues gehört?" wollte Stefanie wissen. „Nein." Mal wieder brach Frau Seng in Tränen aus. „Konrad! 50'000 Franken jede Woche? Wie sollte das gehen? Bist du völlig übergeschnappt?" Mit einem Taschentuch trocknete sie ihre Tränen. „Wo hatten sie überhaupt plötzlich das Geld her?" Wollte ich wissen. Auch seine Frau schaute ihn neugierig an. „Aber jetzt mal bitte die ganze Wahrheit, Konrad." „Ja, schon gut. Ich habe das Möbelgeschäft in Zürich verkauft." Frau Seng war fassungslos. „Aber wie kann es denn sein dass gestern das Geschäft offen hatte? Ihr Verkäufer hat mir nichts davon gesagt." Langsam wurde ich ungeduldig. „Ich hatte ihm verboten, irgendjemandem was zu sagen. Das Geschäft bleibt in Betrieb, nur der Name wird nächste Woche wechseln. Als ich das Geld am Freitag noch nicht überwiesen hatte, kam heute Morgen noch ein Anruf. Daraufhin habe ich es sofort überwiesen." Der Chef schaute auf seine, vom Polizeichef zum 30 Jährigen Jubiläum bekommene, IWC Uhr. Es war halb eins. Für den Fall dass der, oder die Täter sich um 14 Uhr melden würden, bestellte er zwei Polizisten her, die das Telefon, das Haus und die Familie rund um die Uhr bewachen sollten. „Wir kommen morgen wieder vorbei. Gross," schuppste mich der Chef, wobei er mir Seng's Handy übergab. „Hier. Überprüfe die Anrufe." Wir Verabschiedeten uns von dem Ehepaar und führen zurück zum Revier. „Was stimmt an der Geschichte nicht?" Es überraschte mich, dass Stefanie auch ein ungutes Gefühl hatte. Auf den Verkehr achtend fügte ich bei, „das frage ich mich schon die längste Zeit. Wenn er das Geld wirklich überwiesen hat, warum in aller Welt ist Matthias noch nicht frei?" Den Rest der Fahrt herrschte Stille im Auto.

Im Büro forschten wir seine Konten durch. Bei einer deutschen Bank, so fanden wir nach langer Suche heraus, wurden ihm kürzlich zwei Millionen Schweizer Franken überwiesen. Doch heute war nur noch der Zins auf dem Konto. Wir waren beide schockiert über diese Erkenntnis. „Was, wenn er noch bei einem anderen Typen Schulden gemacht hat?" Stellte Stefanie in den Raum. Inzwischen war auch unser Chef bei uns. Er nahm sich einen Stuhl von nebenan, setzte sich mit der Lehne nach vorne zeigend, und nahm an unserem Gespräch teil. „500'000 Franken hat er dem Kredithai überwiesen, dann fehlt noch ganze 1,5 Millionen." Unterdessen kamen zwei Polizisten mit einem gefesselten Mann herein. Es war Hans Müller, der Kredithai. Stefanie und ich folgten ihm zum Verhörraum. Der alte, füllige, mit Goldketten übersäter Mann setzte sich.

Er sah einem Zuhälter sehr ähnlich, mit seinen, zu einem Zopf gebundenen, schwarz gefärbten Haaren, schwarzen Hosen, und einem fast bis zum Bauchnabel geöffnetem, schwarzen Hemd. Breitbeinig sass er in der Mitte des Raumes, auf einem alten Stuhl. „Ich hab nichts verbrochen." Bewegten sich seine Lippen, die von einem, ebenso wie die Haare gefärbten Bart umrundet waren. „Ach nein?" Fauchte ich ihn an. „Sagt ihnen der Name Konrad Seng was? Na, klingelt's im Gedächtnis?" Er schmunzelte frech. „Wissen sie, ich lerne täglich viele Leute kennen. Da kann man sich nicht jeden Namen merken." „Erzählen sie ihre Märchen jemand anderem. Er hat ihnen heute Morgen 500'000 Franken überwiesen." „Ach so, der.." sagte er unschuldig. „Ja, er hat mir halt noch etwas Geld geschuldet." „Was ist mit seinem Sohn?" Fragte Stefanie. „Was für einen Sohn? Von wem reden sie da.." bevor er den Satz zu Ende sprechen konnte, viel ich ihm ins Wort. „Sie wissen doch genau wen wir meinen. Matthias Seng, Konrad Seng's Sohn. Er wurde am Freitag entführt." Die Hände von sich winkend, stritt er alles ab. „Hei! Dieser Typ hat mir noch Geld geschuldet. Er hat es mir am Morgen überwiesen, und das war's. Mehr nicht. Mit der Entführung des

Kleinen habe ich echt nichts zu tun." Doch Stefanie glaubte ihm kein Wort. „Und was ist mit dem Brief?" „Verdammt noch mal!" Fluchte er. „Ein Brief? Was für ein Brief denn? Ich weiss nichts von einem Brief!" Ich platzte fast vor Wut. „Der Brief, den Frau Seng heute Morgen im Briefkasten gefunden hat. 500'000 Franken, oder der Junge stirbt!" Brüllte ich ihn an. „Wie oft muss ich es denn noch sagen. Er bezahlte seine Schulden, und das war's. Ich hatte ihn zweimal Angerufen, und gesagt, dass er mir mein Geld zurückzahlen soll. Er war mit der Rückzahlung in Verzug. Mit all dem anderen Scheiss hab' ich nichts zu tun!" Seine Stimme wurde lauter. „Warten sie hier." Befahl ich, und winkte Stefanie mit einem Kopfnicken raus. Ich öffnete die Tür zum Nebenraum, in welchem der Chef ratlos herumirrte. „Was, wenn er die Wahrheit sagt? Es würde alles zusammen passen. Das was uns der alte Seng verklickern will stimmt doch hinten und vorne nicht. Laut Zeugenaussage, wurde Matthias von einem grossen Mann entführt. Der hier ist ja wohl alles andere als gross." Stefanie schaute mich an. „Es kann doch gut möglich sein, dass er einen anderen dafür bezahlt hat. Aber du hast mit Herrn Seng recht. Da stimmt was nicht." Der Chef nagte mit den Zähnen auf der Oberlippe.

„Wir müssen ihn laufen lassen. Wir haben nichts gegen ihn in der Hand." Ich atmete einmal tief durch, und begab mich zurück in den Verhörraum. „Sie können geh'n. Aber sie dürfen die Stadt nicht verlassen.

„Hat jemand hunger?" Mein Magen hat bereits angefangen zu knurren, da ich noch nichts gegessen hatte. „Ja. Was zu essen ist eine gute Idee. Bestellen wir uns eine Pizza?" Fragte der Chef, wobei ich bereits, noch im Verhörraum stehend, die Nummer wählen wollte. „Für mich eine mit Schinken, nicht scharf." Sagte Stefanie. Der Chef wollte wie immer eine mit Meeresfrüchten, und ich bestellte für mich eine Pizza mit Salami. Wir wanderten zum anderen Ende des Flurs an unseren Platz. „Gibt's was neues aus dem Hause Seng?" Wollte Stefanie wissen, während wir auf unser verspätetes Mittagessen hungrig warteten. „Es hat sich noch niemand gemeldet." Antwortete unser Chef. „Stefanie und ich werden nach dem Essen zum Lehrer gehen. Vielleicht hat der ja was gesehen, was uns weiter bringt." Er stimmte dem zu.

Wir verschlangen unsere Pizza, und machten uns

gleich auf den Weg zu Mario Kahner. Diesmal war ich die Beifahrerin. Sie fuhr einen uralten, blauen Fiat Panda. „Da vorne muss es sein." Sagte ich ihr, mit dem Zeigfinger auf einen kleinen Parkplatz zeigend. „Hier soll ein Lehrer wohnen?" Fragte sie erstaunt. Vor uns sahen wir so etwas wie einen alten Stall. „Sieht so aus. Sein Name steht an der Klingel." Ich klingelte und Herr Kahner schob das alte Holztor zur Seite. „Oh," staunte er nicht schlecht. „Hallo Frau.. Gross, nicht war?" „Genau. Das ist meine Partnerin, Stefanie Lang. Haben sie kurz Zeit?" Er bat uns mit dem rechten Arm herein. Stefanie und ich bestaunten die Loft. Alles war nur ein Raum, sehr modern eingerichtet. Eine gelbe, offene Küche strahlte ihre Helligkeit bis zum Wohnzimmer, in dem eine Leinwand als Fernseher diente. Auf der Wand im Essbereich war ein Graffiti, in dem ein Porsche erkennbar war, zu sehen. Wir setzten uns auf ein weisses Ledersofa. Mit Block und Stift gerüstet stellte ich ihm meine Fragen. „Was haben sie am Freitag genau gesehen?" „Als Matthias aus dem Klassenzimmer stürmte, waren nur noch Daniel und ich drin. Da ich warten musste bis Daniel seine Strafarbeit zu ende schrieb, schaute ich einwenig aus dem Fenster. Ein schwarzer Hyundai Santa Fee mit getönten Scheiben fuhr auf den Schulhof. Da war es etwa 16.30 Uhr. Ein grosser Mann stieg aus dem Wagen, und sprach mit Matthias. Er hatte schwarze, kurze Haare. Daraufhin ist der Kleine ins Auto gestiegen, und sie fuhren los." Zumindest hatten wir jetzt eine Automarke. „Konnten sie vielleicht das Kennzeichen erkennen?" „Es war ein Thurgauer Kennzeichen, mehr weiss ich leider nicht." Was er wusste konnte uns weiterhelfen. „Das ist schon sehr gut, danke." Stefanie und ich packten unsere Schreibsachen wieder in die Taschen und verabschiedeten uns von ihm.

Im Büro zurück, mussten wir unseren Bericht schreiben. Ich hasste diesen Schreibkram. „Morgen früh treffen wir uns bei Familie Seng. Wenn er es nicht freiwillig macht, werden wir die Wahrheit aus ihm rausquetschen." Sie musste darüber lachen. „Alles klar. Bis morgen dann." Sie war kurz vor mir mit dem Bericht fertig. Ich überlegte noch, was ich zu Hause alles erledigen sollte und war froh, dass nun andere Polizisten bei Familie Seng hausen mussten. Meinen Bericht legte ich dem Chef auf den Tisch, und fuhr nach Hause.

Nach zwei Stunden hatte ich meine Hausarbeit erledigt, bereitete mir einen Gemüseteller zu, und setzte mich auf der Veranda auf einen lottrigen Stuhl, um mein Abendessen zu geniessen. Den letzten Happen noch im Mund, kam meine Nachbarin rüber. Eine weisse Frau mit Rastalocken. In meinen Augen passte diese Frisur gar nicht zu ihr, aber sie war im letzten Urlaub irgendwo in Afrika, und seit dem völlig verrückt danach. Ihre Wohnung war voll mit Afrika-Souvenirs. „Die Polizei tappt noch im dunkeln..“ Was für eine schöne Begrüssung. „Man sollte nicht alles glauben, was in der Zeitung steht." Erwiderte ich. Sie setzte sich mit ihrem dürren Körper auf die Hollywood-Schaukel. „Ein Bier?" Sie nickte. Mit dem leeren Teller in der Hand verschwand ich in der Küche, holte aus dem Kühlschrank zwei kalte Biere, und watschte in meinen Schlappen wieder zurück. „Sag mal," fragte sie, nachdem wir angestossen hatten. „Was ist eigentlich mit diesem Jungen?" Soweit ich ihr die Frage beantworten durfte, erzählte ich ihr die Geschichte. „Schrecklich." Sagte sie betroffen, bevor sie einen Schluck nahm. Wir plauderten noch eine ganze Weile über missbrauchte Kinder, Sport, Geld, und etliche andere Themen. Das Bier ausgetrunken, verabschiedete sie sich und wünschte mir viel Glück beim lösen des Falles. Ich räumte die leeren Flaschen hinein und schaute noch einwenig Fern.

3. Kapitel

MONTAG

Stefanie wartete bereits vor der Einfahrt. Ich parkte meinen Wagen neben ihren Panda. Wir begrüssten uns und gingen zur Haustür, an der diesmal sie klingelte. Die beiden Polizisten vor der Tür wurden inzwischen abgelöst. „Hat sich was getan?" Fragte Stefanie. „Nein, gar nichts." Antwortete einer der beiden. Frau Seng öffnete uns die Tür und bat uns rein. „Herr Seng, guten Morgen." Er kam gerade die Treppe runter. „Frau Gross." Begrüsste er mich. „Von Matthias fehlt noch jede Spur." Sagte er mit zittriger Stimme, und setzte sich. Stefanie schaute ihn an. „Herr Seng, auf ihrem deutschen Konto fehlen 1,5 Millionen." Seine Frau erschrak. „Was? Du hast in Deutschland ein Konto? Was ist denn hier los? Was für 1,5 Millionen fehlen auf diesem Konto? Konrad! Was hast du getan?" Sie war fassungslos, die Tränen konnte sie nicht mehr zurück halten. „Herr Seng, es wird Zeit, die Wahrheit zu sagen. Es geht verdammt noch mal um ihren Sohn!" Brüllte ich ihn an. Seine Augen waren geschlossen. Er presste die Lippen zusammen, und fing an zu weinen. „Es geht um Matthias, deinen Sohn!" Schrie Frau Seng, die einem Zusammenbruch nahe stand. Plötzlich stand er auf. „Mein Sohn? Mein Sohn? Matthias ist nicht mein Sohn." Stefanie und ich starrten uns sprachlos an. „Konrad, was erzählst du denn da?" Seine Stimme wurde agressiver. „Du weißt ganz genau wovon ich rede! Ich weiss alles über dich und deinen Rolf!" Weinend fiel Frau Seng auf die Knie. Die beiden Polizisten halfen ihr auf einen Stuhl. Stefanie riss ihr Handy aus der Tasche und forderte einen Krankenwagen an. „Frau Seng, kann ich mit ihnen irgendwo ungestört reden?" Ich spürte, dass sie vor ihrem Mann nichts sagen würde. „Ja, kommen sie mit ins Büro." Wir setzten und auf einen roten Stuhl. „Wer ist Rolf?" Sie seufzte. „Mit ihm hatte ich eine Beziehung. Er war Alkoholiker. Kurz bevor ich mich von ihm trennte, lernte ich Konrad kennen. Wir kamen uns schnell näher. Mit Konrad an meiner Seite fiel es mir leicht, mich von Rolf zu trennen. Nachdem ich etwa ein Jahr mit ihm zusammen war, traf ich Rolf beim Einkaufen wieder. Plötzlich kamen die alten Gefühle wieder hoch. Wir haben miteinander geschlafen. Zwei Monate später stellte ich fest, dass ich schwanger war. Die Frage war nun, von wem. Gleich nach der

Geburt machte ich einen Vaterschaftstest. Speichel von Matthias und Haare von Konrad schickte ich ein. Er war nicht der Vater. Es konnte also nur Rolf sein." Ich war erstarrt. Wie konnte sie ihren Mann nur so belügen? Wir gesellten uns wieder zu Stefanie und den anderen. Inzwischen war auch der Chef eingetroffen. „Woher wissen sie eigentlich das mit Rolf?" Wandten sich meine Augen zu Herrn Seng. „Er kam letzte Woche zu mir ins Geschäft und erzählte mir alles." Ich bombardierte ihn weiter mit Fragen. „Was ist mit den 1,5 Millionen Franken?" Zu seinen Knien nach vorne beugend faltete er seine Hände zusammen. „Das muss ein Fehler der Bank sein." Antwortete er knapp. „Herrgott noch mal!" Schimpfte der Chef ungeduldig. „Entweder sie sagen jetzt die Wahrheit, oder wir verhören sie im Revier!" Es herrschte Stille. Herr Seng's Augen waren auf die Hände gerichtet. „Wo ist Matthias?" Fragte Stefanie. „Ich.... ich habe eine Entführung vorgetäuscht." Frau Seng brach in Tränen aus. „Du hast was?" „JA! Ich wollte, dass du auch mal leiden musst. Eigentlich hätte Matthias längst wieder frei sein müssen, aber etwas ist schief gelaufen." „Etwas ist schief gelaufen? Das ist mein Sohn!" Schrie sie. Ich musste einmal tief durchschnaufen, bevor ich weitere Fragen stellen konnte. „Was ist schief gelaufen? Wo ist der Junge?" „Silvan, der Mann der Matthias für mich entführt hatte, erpresste mich. Als ich gestern mit ihm telefonierte sagte er, dass er mich an die Polizei überliefert, wenn ich ihm nicht die eineinhalb Millionen Franken bezahle. Ich wollte ihm eine halbe Million gestern Abend geben, aber er war nicht mehr im Versteck." Frau Seng hörte nicht mehr auf zu weinen. Stefanie schüttelte nur vorwurfsvoll den Kopf. „Wo ist das Versteck?" Fragte der Chef, wobei er ihm Handschellen anlegte. Herr Seng erklärte ihm den Weg. Stefanie und ich rannten zum Wagen und fuhren los. Der Chef drückte Herr Seng, der nicht sagen wollte was mit Matthias geschehen war, in den Streifenwagen und ein Polizist kümmerte sich in der Zwischenzeit mit dem kommenden Seelsorger um Frau Seng.

Voller Hoffnung angekommen kämpften wir uns durch den Wald, bis wir endlich an einer Hütte ankamen. „Matthias!" riefen wir. Doch von Matthias war nichts zu hören. Nur das zwitschern von Vögel. Wir zogen unsere Waffen, öffneten vorsichtig die gierende Tür und schlichen hinein.

Ein grauenvolles Bild erschütterte uns. Matthias war übersät mit Messerstichen. Sein qualvoll verbluteter, nackter Körper lag breitbeinig auf dem kalten Holzboden. Eine Kerze lag umgekippt herum. Meine Augen füllten sich rasch mit salzigem Wasser, ein kalter Schauer lief mir über den Rücken. Es ist immer wieder schockierend, so was zu sehen. Stefanie orderte den Leichenwagen, der Chef die Spurensicherung. Ohne ein Wort miteinander gewechselt zu haben, fuhren wir ins Polizeirevier. Am Tatort gab es für uns nichts mehr zu tun.

Im Verhörraum quetschte der Chef den mittlerweile ängstlich gewordenen Herrn Seng aus. „Ihr Sohn könnte noch leben.." Sagte er mit leiser Stimme. Wir alle waren sehr betroffen. Stefanie und ich hörten im Nebenraum mit. Herr Seng brach in Tränen aus, und senkte den Kopf. „Das wollte ich nicht! Es tut mir so leid." Er konnte kaum sprechen, so stark war sein Schmerz über den getöteten Sohn. „Was ist mit Silvan?" Fragte der Chef, die Hände auf den Tisch abstützend und den

Oberkörper nach vorne beugend. „Sie haben vorhin was von Erpressung gesagt, und dass Silvan sie verpfeifen wollte." Ich hatte meine Lippen aufeinander gepresst und hörte aufmerksam zu. „Ich bin stark verschuldet..." Herr Seng legte eine Verschnaufpause ein. „Ich brauchte eineinhalb Millionen Franken, um mein Geschäft in Zürich zurück zu kaufen. Im Casino traf ich auf Silvan. Ich habe ihn nie zuvor gesehen. Wir sprachen über meine Schulden.

Ohne zu zögern gab er mir das Geld. Ich überwies es dann nach Deutschland. Das war vor zwei Monaten." Der Chef fiel ihm ins Wort. „Der Typ gab ihnen einfach so eineinhalb Millionen Schweizer Franken?

Das kann doch nicht war sein.." „Na ja, „ fuhr Herr Seng fort, „ganz so einfach war es doch nicht. Ich musste ihm Fotos von meiner Frau und meinem Sohn geben, die genaue Adresse, die Namen und wer wann wo ist, auf der Rückseite aufschreiben. Für Matthias musste ich ihm den Stundenplan mitgeben." Wir waren alle fassungslos. Per Knopfdruck musste ich mich einmischen. „Herr Seng," er zuckte zusammen als er meine Stimme hörte. „War das für sie nicht etwas auffällig? Jeder Vater hätte doch gemerkt dass da was nicht so ganz legal ist." Der Chef schielte in die Kamera in der Ecke. Er hasste es, wenn sich jemand in seine Verhöre einmischte. Obwohl ich wusste dass ich mir damit Ärger einhandeln würde, konnte ich es nicht lassen. „Natürlich wusste ich, dass da was faul war. Aber ich brauchte das Geld, ich wusste dass ich meine Firma sonst nicht mehr hätte retten können." Der Chef kratzte sich an der Stirn. „Sie wissen aber, dass sie ihr Unternehmen nicht gerettet haben?" Herr Seng sprang vom holzigen Stuhl auf. „Jetzt reichts! Denken sie etwa ich wollte, dass es soweit kommt?" „Was ich denke, Herr Seng, das möchten sie gar nicht wissen. Was war nun mit den 1,5 Millionen? Wo ist Silvan?" Herr Seng setzte sich wieder. „Ich musste eine Vereinbarung unterschreiben. Jeden Monat müsste ich 500'000 Franken zurückzahlen. Investiert habe ich mein Geld in neue Kleider für die ganze Familie, Spielzeug für Matthias und die Renovierung der Villa, da ich nicht wollte dass meine Frau was mitkriegt. Ich hatte Ende des dritten Monats kein Geld mehr um die letzte Rate zu bezahlen. Damit drohte er mir, der Familie was anzutun. Als ich keinen anderen Ausweg mehr sah, machte ich ihm den Vorschlag, Matthias zu entführen." Er faltete seine Hände zusammen und senkte den Blick. „Das war für mich der einzige Ausweg, um ihm die letzten zwei Raten zu bezahlen. Ich hatte grosse Angst, dass er meiner Familie was antun würde." „Woher hatten sie die 500,000?" Fragte mein Chef, die Hände in den Hosentaschen versteckt. „Von meinem Vater. Ich hatte ihn darum gebeten. Mein Gesichtsausdruck war für ihn wohl so erschreckend, dass er gleich zur Bank fuhr. Anschliessend fuhr ich zur Hütte um Silvan das Geld zu geben." Er schluchzte, und eine Träne fuhr ihm über die linke Wange. „Ich öffnete die Tür." Seine Augen blickten starr auf den Tisch. Er holte tief Luft, und fuhr dann fort. „Oh mein Gott.. Da lag Matthias. Nackt. Er lag Nackt auf dem kalten Holzboden. In der Hoffnung er würde noch leben, kniete ich mich zu ihm nieder..." er schneuzte sich die Nase, während eine Träne nach der anderen seine Augen verliessen. „Es war zu spät." Nun konnte er nicht mehr. Herr Seng klappte in sich zusammen. Der Chef reichte ihm einen Becher Wasser. „Der Arme." Kam aus Stefanies Mund. Ich glaubte mich verhört zu haben. „Was? Der Arme? Er hat es doch soweit kommen lassen. Geld hin oder her, Seng ist eindeutig zu weit gegangen. Das hätte er niemals zulassen dürfen." Noch bevor mir Stefanie antworten konnte, setzte mein Chef das Verhör fort. „Herr Seng, warum ist es schief gelaufen?" Herr Seng überlegte. „Das kann ich ihnen leider nicht sagen. Er hätte Matthias nach der Geldübergabe wieder freilassen sollen. Warum er nicht dort war, weiss ich auch nicht." Es herrschte eine eiserne Stille. „Haben sie wenigstens eine Telefonnummer von Silvan? Wenn er überhaupt so heisst. In welchem Casino sind sie ihm begegnet?" „Nein." Sprach er kaum hörbar. Mein Chef schüttelte nur den Kopf. „Er hat mich immer angerufen wenn was war, mit unterdrückter Nummer. Ich spielte immer im Casino in Schaffhausen. Dort hat er mich angesprochen." „Was? Schon wieder einer aus dem Casino? Abführen." Befahl der Chef dem im Verhörraum anwesenden Polizisten. Herr Seng traute seinen Ohren nicht. „Meine Frau, was ist mit meiner Frau?" „Keine Angst, wir kümmern uns schon um ihre Frau." Gab er knapp zur Antwort. Er verliess den Raum und marschierte zu uns rüber. „Ihr beide macht euch auf den Weg zum Casino.

Lasst euch die Überwachungsvideos zeigen."
„Geht klar, Chef." Sagte Stefanie, ich nickte stumm. Mit Alice Cooper fuhren wir nach

Schaffhausen.

Am Eingang erwartete uns ein solariumbrauner Mann in schwarzem Anzug. Wir zeigten ihm unsere Marken. „Kriminalpolizei. Wir möchten den Chef des Casinos sprechen." Er nickte mit dem Kopf. „Natürlich. Bitte warten sie hier." Über Funk orderte er seinen Chef raus. Es öffnete sich die Tür, und ein sportlich aussehender Mann kam heraus. „Hier bin ich." „Guten Abend. Wir sind von der Kriminalpolizei Frauenfeld. Gross und Lang." Stellte ich uns vor, die Marke zu ihm gerichtet. „Gross und Lang? Soll das ein Scherz sein?" Er sah ziemlich sauer aus. „Nein, Herr..." „Rutishauser." „Herr Rutishauser. Das ist kein Scherz. Wir heissen nun mal so. Wir ermitteln in einem Mordfall, und brauchen kurz ihre Hilfe." Brachte ich den Satz zu Ende. „Die Polizei braucht meine Hilfe? Das kann ja wohl nicht wahr sein. Also gut, kommen sie rein." Er führte uns durch eine, man könnte schon fast sagen, Halle. Auf dem roten Teppich entlang laufend begegneten uns zahlreiche einarmige Banditen und Roulette-Tische. Auf der Wand hingen überall Spiegel. Nun betraten wir einen grossen Raum, indem in der Mitte ein dunkelbrauner Bürotisch stand. Im hinteren Teil war ein Billiardtisch. „Setzen sie sich. Wie kann ich denn der Polizei helfen?" Wir setzten uns auf ein schwarzes Ledersofa, welches in der Ecke ihren Platz hatte. „Wir müssen uns die Videobänder ansehen, die bei ihnen vor zwei bis drei Monaten aufgenommen wurden. Kennen sie vielleicht einen Mann Namens Silvan?" Er dachte kurz nach. „Silvan, nein tut mir leid. Kenne ich nicht. Aber die Aufnahmen können sie sich ansehen. Folgen sie mir." Wir folgten ihm in einen Nebenraum. „Wir brauchen die Bänder der letzten sechs Monate. Dann haben wir sicher alles. Wie viele Kameras haben sie eigentlich?" Das Geschehen im Casino flimmerte über zehn Bildschirme. Er antwortete jedoch nicht auf meine Frage, sondern suchte die Bänder heraus. „Hier. Das sind sie." Er gab mir einen ganzen Stapel. „Danke. Sie bekommen sie sobald wie möglich zurück. Sagen sie mal, haben viele ihrer Kunden Schulden bei ihnen?" „Nein, wie kommen sie darauf?" Ich übergab Stefanie das Wort. „Sagt ihnen der Name Konrad Seng etwas?" „Ja, aber er hat seine Schulden bezahlt. Normalerweise gibt es so was bei uns nicht, aber Herr Seng ist halt ein bekannter Mann. Ich müsste dann mal wieder an meine Arbeit. Oder kann ich sonst noch was für sie tun?" Ich schüttelte den

Kopf. „Nein, das war's fürs Erste. Vielen Dank."
Verabschiedeten wir uns, ohne Händeschütteln.

„Wohl oder Übel müssen wir uns die Bänder heute
noch ansehen." Sagte ich. „Ja, wenn Silvan hier mit
Herr Seng gesprochen hat, dann muss er auf den
Bändern irgendwo sein." Mit dem Material unter
den Armen marschierten wir zurück zum Wagen.
Wieder war Alice Cooper auf unserer Fahrt
lautstark mit dabei.

„Chef!" Rief ich die Treppe hinauf in sein Büro.
„Wir haben die Bänder." „Sehr gut. Ich gehe jetzt
nach Hause." Er kam uns auf dem Weg in den
Fernsehraum entgegen. „Euch wünsche ich eine
schöne Nachtschicht." Sagte er mit einem frechen
Grinsen im Gesicht. „Dir auch einen schönen
Abend." Gab ich zurück. Der Fernsehraum bestand
aus einem Fernseher, einem Tisch und drei Stühlen.
Stefanie legte ein Band ein. Ein Haufen von
Leuten, mehr konnte ich nicht erkennen. „Wir
suchen nach einem schlanken, grossen
dunkelhaarigen Mann Mitte vierzig." Flüsterte
Stefanie, als ob uns niemand hören durfte. „Da!"
Schrie ich. „Da ist Herr Seng." Man sah ihn am
einarmigen Banditen. Aber alleine. „Hier, das

könnte unser gesuchte Silvan sein, oder?" Stefanie zeigte auf einen Mann, auf den die Beschreibung sehr gut passte. Dieser Mann flüsterte Herr Seng was ins Ohr, worauf Herr Seng ihm hinaus folgte. Wir suchten nach weiteren Treffen, doch von Silvan war nichts mehr zu sehen. Herr Seng jedoch war fast täglich dort. Ich druckte das Bild aus, auf dem Herr Seng mit Silvan gut sichtbar war. Beide Gesichter waren sehr gut zu erkennen.

4. Kapitel

DIENSTAG

Vor dem Gericht war ein riesiger Presseauflauf. So
gut es ging versuchte ich, diesen zu umgehen. Im
Gericht traf ich auf Muriels Eltern. „Schön dass du
auch da bist." Sagte die Mutter mit Tränen in den
Augen. „Der kriegt schon seine gerechte Strafe,
keine Sorge." Versuchte ich die Eltern etwas zu
trösten. Beide trugen das traditionelle
Trauerschwarz.
In den Armen der Mutter eingehenkt stiegen wir
die Treppen zum Gerichtssaal hinauf. Ich sah
Mütter von verstorbenen Frauen, und einige
Journalisten vor der Tür warten. Auf dem letzten
Tritt angelangt, öffnete man uns die Saaltür.
Innerhalb von Sekunden füllte sich der Raum mit
Angehörigen, die nur noch auf ein faires Urteil
hofften, um mit dem Trauern der getöteten zu
beginnen. Wir setzten uns auf die hinterste Bank.
Mein Herz raste etwa dreimal so schnell, wie es
eigentlich normal wäre.
Der Angeklagte wurde an den Handgelenken und
an den Fussgelenken gefesselt, von zwei Polizisten

in den Saal geführt, und an seinen Platz, ein einfacher brauner Holzstuhl gebracht. Als die Richterin rein kam erhoben sich alle, setzten sich aber danach gleich wieder. Noch heute nervt mich das ewige aufstehen und setzten, wie in einer katholischen Kirche. Der Angeklagte musste schliesslich in den Zeugenstand.

Ohne Reue zu verspüren, plauderte der Angeklagte alles aus sich heraus, auf die Frage hin, wie er jeweils genau vorging. „Die erste Frau traf ich in einer Bar. Sie hatte dunkelrot geschminkte Lippen. Schwarze Lederhosen und ein hellgraues, bauchfreies Top waren für mich eine Einladung. Nach fünf spendierten Drinks war sie für mich eine leichte Beute. Ich lud sie ein, in meinem Hotelzimmer noch einen Drink zu nehmen. Ohne zu zögern folgte sie mir in das bereits für mich reservierte Zimmer. Im kleinen, schmuddeligen Zimmer angekommen, konnte ich das Adrenalin durch meinen Körper fliessen spüren. Sie legte sich freiwillig, breitbeinig aufs Bett. Na ja, sie war halt total scharf auf mich. Aus meiner Tasche zückte ich die Handschellen und fesselte sie. Anfangs fand sie es noch ganz geil, ihr Atem wurde immer schneller und lauter. Doch als ich ihr den Mund zu klebte, packte sie die Panik. Ich leckte ihr salziges Wasser von der Wange ab. Jede Träne die sie vergoss, törnte mich mehr an." Rund um den Angeklagten war es still. Der ganze Saal hörte seiner grausamen Geschichte aufmerksam zu. „Ich riss ihr die Kleider vom Leib, und küsste sie zärtlich von Kopf bis Fuss. Meine rechte Hand glitt ihr zwischen die Beine. Sie wollte schreien, konnte aber nicht. Mit meiner Zunge leckte ich ihre Brustwarzen. Zu erst die Linke, dann die Rechte. Die Arme wollte sich doch tatsächlich wehren." Sagte er in einem arroganten Ton. „Ich konnte ihr Herz pochen hören. Meine beiden Hände wanderten nun zu ihren weiblichen Brüsten. Je mehr sie weinte, desto mehr wollte ich ihr weh tun. Sie schrie um ihr Leben, doch ausser ein Winseln konnte man nichts hören." Das schluchzen der Mütter war nicht mehr zu überhören. Die Mutter des ersten Opfers, über die der Angeklagte gerade sprach, musste raus getragen werden, weil sie zusammengebrochen war. „Aus meiner Tasche holte ich ein Messer hervor. Wir schauten uns tief in die Augen, dann stach ich zu. Zuerst zwei Messerstiche in den Bauch. Ich wollte, dass sie ihren Tod spürt. Die Tränen aus ihren Augen hörten nicht auf zu fliessen. Ich schaute ihr nochmals tief in die Augen, und schnitt ihr die Kehle durch. Nach meiner Arbeit packte ich mein Messer wieder ein und flüchtete fort. Das war für die ersten vor Ort sicherlich ein schönes Bild." Sein freches Grinsen dabei war für mich das Schlimmste, und ich fragte mich die ganze Zeit, was in seiner Erziehung falsch gelaufen war. Nach einer fünf minütigen Verschnaufpause ging es weiter mit den Horror Geschichten. „Bei der zweiten Frau war ich besser vorbereitet. Die Folter sollte diesmal länger dauern. Nach einigen Drinks in der Bar kam auch sie ohne zu zögern mit aufs Hotelzimmer. Sie hatte süsse Sommersprossen auf der Nase, trug ein heisses schwarzes Oberteil mit tiefem Ausschnitt und dazu lange Hosen." Ich konnte nicht mehr. Ich musste raus.

An der frischen Luft rief ich Stefanie an. „Hallo." „Hey, ist was passiert? Die Gerichtsverhandlung kann doch nicht schon vorbei sein, oder?" Klang es am anderen Ende der Leitung. „Nein, ich konnte einfach nicht mehr zuhören. Dieses arrogante Arschloch lacht noch über seine Taten, und lacht die Opfer aus. Ich komme ins Büro." Sagte ich, und klappte mein Mobilfunktelefon zusammen. Aus meiner Handtasche nuschelte ich den Wagenschlüssel hervor.

„Na? Gibt es was neues von Silvan?" Stefanie schüttelte den Kopf. „Der ist spurlos verschwunden." „Verdammt noch mal!" Mit der rechten Faust schlug ich auf den Tisch. „Der muss doch irgendwo sein. Seng hat uns sicherlich noch einige Details verschwiegen." Kaum hatte ich den Satz zu Ende, kam unser Chef mit einem Papier auf uns zu. „Hier, durchsucht seine Villa. Dort muss was zu finden sein. Stellt das Möbelgeschäft in Zürich mal richtig auf den Kopf. Vielleicht findet ihr ja dort was. Irgendwo müssen sich Seng und dieser Silvan mal getroffen haben. Der Herr tut so, als ob er nichts mehr wissen würde." Ich nahm das Papier in meine Hand, packte die Schlüssel vom Tisch, und zeigte Stefanie mit einem Kopfnicken dass ich bereit zum Abfahren war. „Wir fahren zuerst ins Geschäft. Ich denke wenn wir was finden, dann dort. Glaube kaum, dass er solche Geschäfte zu Hause erledigen würde." Sprach ich zu Stefanie, während wir uns in meinen Renault setzten.

Stefanie öffnete die Eingangstür, und da kam auch schon der gleiche Herr zu uns, wie letztes mal. Die Dienstmarke und den Durchsuchungsbefehl ans Gesicht gestreckt, forderte Stefanie ihn auf, uns das Büro zu zeigen. Wir folgten ihm in einen grossen Raum. Der Boden war mit dunkelrotem Laminat belegt, die robusten Möbel waren dunkelbraun, und die Wände hatten ein helles gelb an sich. „Sie dürfen uns alleine lassen." bat ich den Mann. Ohne Widerrede schloss er die Tür hinter sich zu. Wir rissen eine Schublade nach der anderen auf, doch es war nichts zu finden, ausser unbezahlter Rechnungen. Während Stefanie sich noch ein wenig umsah, suchte ich den Verkäufer. Nach langem rumschauen fand ich ihn bei einem knall grünen Sofa. „Grosser Gott, das will doch niemand kaufen." Motzte ich ihn aus seinen Gedanken. Etwas erschrocken schaute er mich an. „Sagen sie mal, haben sie hier auch einen Keller?" Mein Telefon klingelte. Der Chef. „Sofort in die Villa. Frau Seng wurde entführt." Stöhnte es am anderen Ende, als wäre er gerade einige Treppen hinauf gestiegen. „Wir müssen los. Stefanie!" Schrie ich Richtung Büro. „Sofort in die Villa!" Ohne uns zu verabschieden stürmten wir hinaus, und ich drengelte uns zurück nach Frauenfeld. Im Wagen erzählte ich ihr alles. „Das darf doch nicht wahr sein. Hoffentlich kommen wir diesmal nicht zu spät."

Vor der Villa trafen wir unseren dicken Kahlkopf. „Was ist passiert, und vor allem wie?" Wollte ich wissen. „Silvan hat uns vorhin angerufen. Er will sein Geld, oder Frau Seng stirbt. Herr Seng ist im Wohnzimmer." Wir gingen wieder durch den gigantischen Flur und trafen dann im Wohnzimmer ein. Herr Seng sass weinend auf dem Sofa. „Herr Seng, bitte, es geht um ihre Frau. Wo könnte Silvan sein, wo haben sie sich getroffen?" Es herrschte Stille. Er konnte, oder wollte nichts sagen. „Herr Seng, ihre Frau wird bis Sonnenuntergang tot sein. Nun erzählen sie schon. Alles, was sie wissen." Er schaute mal wieder in seine gefalteten Hände. „Aber ich wollte ihm das Geld doch am Sonntag geben. Das ist nicht meine Schuld." Seine Mittleidstour hatte ich so was von satt. „Herr Seng. Möchten sie ihren Sohn und ihre Frau beerdigen? Wo haben sie sich getroffen?" Seine Tränen kullerten die Wange runter. „Wir trafen uns immer in Weinfelden. Im Eierlenwald, in der alten Hexenhütte." Die Hexenhütte war in Weinfelden ein bekannter, beliebter und gemütlicher Grillplatz im schattigen Wald. „Na dann, los!" Befahl der Chef. „Fahren sie mit Stefanie hin, ich sorge für Verstärkung." Wir rannten zum Wagen und sausten binnen weniger Minuten mit Blaulicht in den Eierlenwald. Bereits vor Ort waren unsere Kollegen aus Weinfelden zur Verstärkung. Wir parkten unsere Autos am Waldrand, und machten uns leise zu Fuss auf den Weg zur Hütte. Die Pistole mit beiden Händen festhaltend umzingelten wir die Hexenhütte. „Silvan! Hier spricht die Polizei, kommen sie mit erhobenen Händen raus!" Rief ich in die Hütte hinein. Es war still. Auf mein Kommando stürmten wir hinein. Unsere Pistolen nach vorne gerichtet, stiessen wir auf Frau Seng. Sie sass nur in Unterwäsche bekleidet auf einem Stuhl gefesselt. Ihr Mund war mit einem Klebeband zugeklebt. „Kommen sie Frau Seng, wir bringen sie hier weg." Ich befahl den Weinfelder Kollegen vor Ort zu bleiben, um Silvan später fest zu nehmen. Stefanie und ich stützten Frau Seng auf dem Weg zum Wagen. Wir setzten sie auf den Rücksitz und fuhren ins Büro. Dort angekommen wartete der Chef ungeduldig auf uns. „Sie haben ihn." Stefanie und ich schauten uns an, mit einem breiten Lächeln im Gesicht. „Setzen sie sich. Ein

Arzt wird sich gleich um sie kümmern." Sprach ich zu Frau Seng. „Wo ist mein Mann?" „Ihr Mann wurde festgenommen, er kommt in Untersuchungshaft." Ihr kamen die Tränen. „Oh nein. Das alles kann doch nicht Wahr sein. Und alles nur wegen dem Geld. Er hat das Leben meines Sohnes auf dem Gewissen." Sie tat mir sehr leid. „Der Arzt kommt gleich." Mehr konnte ich nicht über meine Lippen bringen. „Gross." Rief mich Stefanie. Ich schaute sie nur lustlos an. „Wir haben seine Fingerabdrücke untersucht. Er heisst Thierry Pivot, und lebt offiziell in Genf. Spricht aber ohne Akzent. In Genf wurde er vor zehn Jahren wegen Vergewaltigung verurteilt." „Na den kriegen wir aber dran." Ich war erleichtert, ihn geschnappt zu haben. Der Arzt war eingetroffen und untersuchte Frau Seng im Nebenzimmer, da sie auf keinen Fall ins Krankenhaus wollte. „Ihr könnt ihn verhören." Gab uns der Chef Bescheid. Sauer auf den Verhafteten traten wir in den Verhörraum. „Ich hab nichts getan." Jammerte er. „Ach nein, Was hatten sie denn in der Hexenhütte verloren?" Er stotterte. „Ich, ich wollte am Wochenende mit meiner Familie dort grillen. Ich wollte nur sehen, wie es dort so aussieht, ob es ein guter Platz ist. Aber dann haben mich eure Kollegen in Uniform festgenommen." Stefanie sass still neben mir. „Sie wollten dort grillen? Warum haben sie Matthias getötet?" „Was? Wen? Ich habe niemanden getötet. Das könnte ich nie tun." Ich rollte genervt meine Augen. „Silvan. Oder soll ich besser Thierry sagen?" Entsetzt sah er mich an. „Was soll das? Ja ich heisse Thierry, na und?" „Na und? Sie haben vor etwa zwei Monaten Herr Seng eine Menge Geld gegeben. Das stimmt doch, oder? Und sie haben auch hübsche Fotos von Matthias und Frau Seng." Er wusste nicht mehr genau was er sagen sollte. „Das stimmt ja, aber ich habe niemanden umgebracht. Ehrlich nicht." Ich beugte mich mit dem Oberkörper über den Tisch. „Wie war es dann? Nun reden sie schon." „Nun, ich habe vor einiger Zeit mitgekriegt, dass Herr Seng im Casino viel Geld verloren hatte. Na ja, und da ich ein sozialer Mensch bin, habe ich ihm halt etwas Geld geliehen." „Sie, und ein hilfsbereiter Mensch? Erzählen sie weiter." Lässig sass er auf dem Stuhl, völlig siegessicher. „Der Typ konnte seine Schulden nicht mehr bezahlen. Da kam er auf die Idee seinen eigenen Jungen zu entführen. Der tickt doch nicht mehr ganz richtig." „Das haben nicht sie zu entscheiden. Wie ging es weiter?" „Ganz einfach, ich nahm den Kleinen mit auf 'ne

Spritztour." Stefanie meldete sich zu Wort. „Spritztour? Der Junge wurde entführt und ist nun tot." „Also von Entführung kann ja wohl keine Rede sein. Ich hatte das Einverständnis des Vaters." Ich war wieder am Zug. „Herr Pivot, Sie haben den Jungen entführt und ermordet." „Okey, okey. Ich habe ihn in eine alte Waldhütte geschleppt. Er bekam zu essen und zu trinken. Ich habe nichts schlimmes getan." Ich musste eine Pause einlegen. Mit dem Kopf zu Tür zeigend, stand ich auf, Stefanie hinterher. Wir gingen zum Chef ins Nebenzimmer. „Das bringt nichts. Was hat denn die Spurensicherung bis jetzt rausgefunden?" Er schüttelte den Kopf. Bis jetzt nicht viel." Kaum hatte er den Satz zu Ende gesprochen kam Denise herein. „Hört mal, es gibt was neues. Der Kerl hat sich an Matthias vergnügt. Wir haben im Mund Spermaspuren gefunden. Sie sind von Thierry Pivot." Bedrückt schlossen wir alle für eine Sekunde die Augen. Niemand von uns hatte sich das vorstellen können. „Verdammte Scheisse. Dieses verfluchte Monster hat den kleinen Jungen gezwungen ihn oral zu befriedigen. Ich fass es nicht." Nun war ich noch mehr sauer. „Also los, Gross. Jetzt hast du was gegen ihn in der Hand. Aber reiss dich zusammen." Ehrmahnte mich der

Chef. Mit innerem Zittern und dem DNS Test marschierte ich in den Verhörraum zurück. Ich knallte die Tür zu, und warf ihm das Papier auf den Tisch. „Wissen sie was das ist?" Er guckte es sich nur kurz an. „Nein. Warum, was ist das?" „Das, sehr geehrter Herr Pivot, beweist, dass sie der Junge oral befriedigen musste!" Ich wurde etwas laut. „Was sagen sie dazu?" Langsam wurde er nervös. Nicht mehr so lässig wie vorhin begann er zu erzählen. „Ich schleppte ihn zur Hütte. Er bakam ein Sandwich und eine Cola. Mit Konrad habe ich vereinbart, dass ich dem Jungen erzählen sollte, dass sein Vater ein Wochenende im Wald geplant habe. Anfangs ging alles gut, der Junge freute sich. Doch dann fing er an zu nerven. Er wollte Fern sehen, einen Kakao trinken, und dann noch was spielen. Das war mir halt zu viel. Zur Strafe musste er sich nackt auf den Boden legen." Wir konnten vor Schreck kaum atmen. „Mein Gott! Der Kleine wollte einen Kakao, und sie verlieren gleich die Nerven?" Ich musste mich sehr zusammenreissen, um ihm nicht an die Gurgel zu jucken. „Was? Ich hab doch meine Nerven nicht verloren. Aber wenn der kleine Bengel denkt er könne rummotzen, dann kriegt er halt seine Strafe." Es war ruhig im Verhörraum. Nach kurzem Zögern setzte ich das

Verhör energisch fort. „Und dann? Was haben sie dann gemacht?" Er schaute zur Decke, und setzte sich wieder etwas bequemer auf den Stuhl. „Ich kniete mich zu ihm und befahl ihm, meine Hose zu öffnen. Er fing an zu weinen. Tja, dann kassierte er eben eine, und ich öffnete meine Hose selbst. Danach musste er mich halt befriedigen. Nachdem er fertig war, schrie er, er wolle nach Hause. Da wurde ich natürlich sauer, klebte ihm den Mund zu, und drückte seine Nase zu, bis er sich nicht mehr zu wehren versuchte. Das war's. Der Junge hat's verdient." Ich konnte es kaum glauben. „Nimm ihn mit." Sagte ich dem Polizisten im Raum, mit kaum hörbarer Stimme.

Das
Tagebuch

1. Kapitel

Donnerstag

Im Winter lief bei mir die Heizung nur im Badezimmer. Ich hasste es, beim duschen zu frieren. In meinem grossen Wohnzimmer heizte ich gerne mal den weissen Kamin so richtig ein. In meinem Jogginganzug und den weissen Turnschuhen watschte ich in den Wald, hinter meinem kleinen aber feinen Häuschen, um Holz zu finden. Da ich zu faul war mir die Jacke über zu ziehen, musste ich im Wald frieren. Mit der Schubkarre vor mir beeilte ich mich, sie voll zu kriegen. Nach gefüllter Karrette joggte ich zum Haus zurück. Auf der Veranda zerkleinerte ich, mit gefrorenen Fingern die Äste. Es geht doch nichts über ein gemütliches Feuer an kalten Winterabenden.
Mit einem Carameltee in meiner *Grossmutter-Tasse* machte ich es mir auf dem Sofa gemütlich. Kaum hatte ich meine Füsse auf dem Tisch, klingelte es an der Tür. Mühselig schlich ich zur

Tür. "Hallo." Es war Stefanie. "Hey Steffi. Ist was passiert?" Man kann ja nie wissen. "Äh.. nein, sorry dass ich dich überfalle. War nur gerade in der Nachbarschaft." "Alles klar, immer rein die die gute Stube." Sie setzte sich auf den roten Sessel. "Das riecht aber gut aus deiner Tasse, was ist das?" In die Küche laufend antwortete ich ihr. "Carameltee. Ich mach dir 'ne Tasse." Wie alle meine Gäste, die im Winter vorbeikommen, schaute Stefanie gemütlich ins entspannende Feuer. "Hier, prost." Mit unseren Tassen in der Hand lehnten wir uns zurück und legten die Füsse auf den Tisch. "Gehst du weg in den Ferien?" Ich hätte eigentlich für einige Tage weg fahren wollen. "Nein. Gebe mein Geld für eine neue Küche aus. Die Alte muss weg. Hey, lust auf gegrilltes Fleisch zum Abendessen?" Verwundert starrte sie mich an. "Im Winter grillen? Warum eigentlich nicht. Hast du was zu Hause, oder soll ich schnell zur Tanke?" "Habe genug Fleisch hier." Sagte ich, nachdem ich den letzten Schluck Tee trank. "Darfs ein Bier sein? Eine Tasse Tee genügt." "Na da sag ich nicht nein." Lächelte sie. Mein Handy klingelte, ehe ich am Kühlschrank war. Oh nein, mein Chef. "Ja?" "Gross, tut mir leid, dich an deinem freien Tag stören zu müssen. Komm ins Büro, und ruf gleich noch Lang an." "Die sitzt auf meinem Sofa. Wir kommen." Stefanie schaute mich neugierig an. "Frag nicht, keine Ahnung. Wir müssen ins Büro." Sie rollte entnervt ihre Augen. "Na toll." Ich huschte in mein Zimmer und zog schwarze Jeans an, und einen grünen Rollkragenpulli. "Los." Ich schnappte meine Schlüssel, während Stefanie zur Tür marschierte. "Du hast die Schlüssel schon in der Hand, wir fahren mit deinem Auto. Ach und… nachher will ich noch ein Bier trinken, und grillen." Ich musste lachen. "In Ordnung. Wenn du willst kannst du auch zwei Bier trinken." Und schon fuhren wir nach Frauenfeld. Zu unserem Glück waren die Strassen trocken, somit konnte ich Gas geben.

Im Büro angekommen setzte sich Stefanie auf den Stuhl, und ich schloss die glasige Tür hinter mir etwas gewaltsam zu. "Langsam, Gross. Du brichst noch die Scheibe raus." "Ja, ja. Beruhig dich mal." Auch ich setzte mich. Auf seinem Schreibtisch stapelten sich die Akten. "Also hört mal, heute Morgen wurde ein elfjähriges Mädchen ins Krankenhaus eingeliefert. Mit zahlreichen blauen

Flecken und Schürfwunden. Die Ärzte vermuten eine Misshandlung." "Verdammte Scheisse. Wir fahren gleich hin." Während ich den Satz zu Ende sprach, stand ich bereits auf. "Gross. Hör mal auf, immer zu fluchen." Bat mich der Chef. Nur leider konnte ich diese Bitte nie recht umsetzen. Dies war für mich als Kriminalpolizistin sehr schwer, da ich es nur mit Bestien zu tun hatte, die misshandelten, vergewaltigten und mordeten. "Hier." Er gab mir einen Zettel. "Mariella Zehnder. Zimmer M6." Ich verstaute den Zettel in meine Hosentasche und wir begaben uns gleich auf den Weg ins Frauenfelder Krankenhaus.

"Hier, Zimmer M6." Sagte sie. Ich klopfte, und öffnete langsam die Tür. Im Zimmer waren vier Mädchen. Eines hatte beide Beine im Gips, ein anderes hatte einen Verband um den Kopf. Beim dritten konnte ich auf den ersten Blick nichts erkennen. Später erfuhr ich, dass sie den Blinddarm rausoperiert hatte.
Da lag Mariella. Mit blauen Flecken übersät. Am linken Auge hatte sie einen Bluterguss. Auf den Armen waren zahlreiche Schürfungen und rote Flecken. Sie hatte lange, braune Haare und sah sehr

mager aus. "Mariella?" Fragte ich sie. "Ja?" Antwortete sie mit zittriger Stimme. "Ich bin Isabelle Gross, und das ist Stefanie Lang. Wir sind Polizistinnen. Hab keine Angst, wir sind hier, um dir zu helfen. Sag mal, wie ist das passiert?" Stefanie zückte Block und Schreiber aus ihrer Tasche. "Ich bin gestürzt. Mit dem Fahrrad." Ungläubig schauten wir sie an. "Mit dem Fahrrad?" Wollte Stefanie wissen. Mariella schaute zur Bettwäsche runter. "Ja. Ich bin heute früh mit dem Fahrrad über einen Kiesweg gefahren. Na ja… ich dachte, ich könnte ohne das Lenkrad zu halten, fahren. Doch leider war da plötzlich ein grosser Stein, und ich bin gestürzt." Stefanie schrieb alles auf. "Okay, Mariella. Es ist schon spät. Wir lassen dich jetzt schlafen." Verabschiedete ich sie. "Die Kleine ist total verängstigt." Bemerkte Stefanie, nachdem ich die Tür zu machte. "Ja. Morgen statten wir den Eltern einen Besuch ab. Komm, lass uns bei mir noch ein Bier trinken." Es war bereits halb neun, und eigentlich hatten wir beide keine Lust mehr, ins Büro zu fahren. "Weißt du was ich seltsam finde?" Sie schüttelte den Kopf. "Als Kind war ich öfters mal im Krankenhaus. Meine Mutter blieb immer bei mir. Tag und Nacht." Stefanie schaute mich an. "Das ist allerdings seltsam." Wir fuhren zu mir und genehmigten uns ein Bier. Hunger hatten wir inzwischen nicht mehr, oder einfach keine Lust, uns fürs grillen zu bemühen. Mein Nachbar Tom kam noch vorbei. Aber nicht auf ein Bier, er trank immer nur Wasser. Ein etwas merkwürdiger Mensch, aber sehr nett und anständig.

Er erzählte von seiner neuen Freundin, und Stefanie und ich freuten uns für ihn. "Dann wünsch ich dir mal viel Glück mit ihr." Das wünschte ich ihm tatsächlich. Nach zwei Bieren und einem Glas Wasser, bat ich meine Gäste mich ein andermal wieder zu besuchen.

2.Kapitel

Freitag

Herrlich war es, an diesem Freitagmorgen. Bei Eiseskälte schien mir ein warmer Sonnenstrahl übers Gesicht. Auf meiner Veranda sitzend trank ich einen warmen Kakao, natürlich durfte da die Sahne nicht fehlen. Nach dem geniessen des Kakaos und den Brötchen, fuhr ich zum Büro. Auf dem Parkplatz begegnete ich Stefanie. "Noch gut nach Hause gekommen gestern?" "Ja, wie immer. Heute mal pünktlich? Da wird unser Chef aber Augen machen." Ja, das war ich wirklich. Endlich mal wieder pünktlich. Wir stolzierten an unsere Schreibtische. "Familie Zehnder?" Schaute sie mich an. "Ja. Geh'n wir." Gab ich mit leiser Stimme zurück. Da kam auch schon unser Chef. "Guten Morgen zusammen. Heute mal pünktlich, was? Geht ihr zu Familie Zehnder?" "Ja, wollten uns gerade auf den Weg machen." Sagte Stefanie beim vorbeigehen. Ich trampelte ihrem massgeschneiderten Anzug hinterher. Ich hatte durst, also hielten wir noch schnell an der Tankstelle. "Auch Lust auf ein Red Bull?" Sie schüttelte den Kopf. "Na gut, dann eben nicht."

Die Dose in der Halterung festgemacht, fuhren wir zu Familie Zehnder.

"Hier kann doch niemand wohnen." Seufzte Stefanie. "Was für eine Bruchbude." Das war Tatsächlich so. Die bereits grau gewordene Fassade bröckelte, und die Fensterläden waren zum Teil runter gefallen. Im Garten stapelten sich brüchige Autos und sonstiger Abfall. Es roch etwas sehr speziell, und ich glaubte es drinnen nicht aushalten zu können. "Geteiltes Leid ist halbes Leid." Zwinkerte ich Stefanie zu. "Lass uns rein gehen. Zuvor jedoch nochmals tief Luft holen." Unseren letzten Atemzug getan, klingelte ich an der Tür. Eine sehr ungepflegte Frau öffnete. Sie hatte lange, blonde und sehr fettige Haare. Ich ekelte mich total vor ihr. Mit ihrer Strickjacke und den X-Beinen die in hässlichen Leggins reingequetscht wurden, fragte sie uns was uns einfallen würde sie zu wecken. "Schert euch zum Teufel!" Die Alkoholfahne war nicht zu toppen. "Frau Zehnder, ich bin Isabelle Gross, und das ist Stefanie Lang. " Ich zeigte ihr meine Dienstmarke obwohl ich bezweifelte, dass sie diese als solches erkennen konnte. "Was hat denn mein Mann nun wieder angestellt?" Stefanie schüttelte den Kopf. "Wir sind nicht wegen ihrem Mann hier, Frau Zehnder. Wir sind wegen Mariella hier." Immer noch zwischen Tür und Angel rollte sie ihre Augen. "Schwänzt die Kleine etwa schon wieder die Schule? Erst gestern ging sie nicht, weil sie gestürzt war." Ich war geschockt. "Frau Zehnder, Ihre Tochter sah wirklich sehr schlimm aus. Wir waren gestern bei ihr. Ist sie etwa schon wieder aus dem Krankenhaus raus?" Sie nahm einen Zug von ihrer Kippe. "Na klar, was glauben sie denn. Mein Mann hat sie heute in die Schule gebracht. Die kann doch nicht einfach fehlen, nur weil sie mit dem Fahrrad gestürzt ist." Stefanie war wie versteinert. Ich grübelte kurz nach, wie sie mir einige Fragen beantworten könnte. "Frau Zehnder, dürften wir kurz reinkommen? Wir haben noch einige offene Fragen." "Na wenn's sein muss." Stefanie schuppste mich an. "Was soll das? Du willst da rein?" "Von wollen kann keine Rede sein. Aber wir müssen noch einige Fragen beantwortet bekommen. Wenn es sein muss, dann gehen wir auch rein." Flüsterte ich. Frau Flodder, wie ich sie gerne nannte, war schon im Haus verschwunden.

"Kommt ihr, oder nicht? Hab nicht den ganzen Tag Zeit." Ich wagte es als Erste, Stefanie hinterher. Wie würde das bloss im Sommer stinken. Drei Katzen sprangen uns entgegen. Durch einen mit dreckigen Kleidern überfluteten Flur kamen wir ins Wohnzimmer. Das Sofa war in einem hässlichen braun, in etwa zwanzig Jahre alt. Einen Esstisch gab es nicht. Auf dem grauen Teppich sammelte sich der Staub. "Setzt euch." Tja, wohl oder übel setzten wir uns aufs Sofa. Hier würden sich Ratten und Spinnen sichtlich wohl fühlen. Stefanie nahm die Schreibsachen aus ihrer Tasche, und ich begann zu fragen. "Frau Zehnder, ihre Tochter hatte überall blaue Flecken, und am Auge einen riesigen Bluterguss." Leider konnte ich die Frage nicht zu Ende stellen. "Sie ist vom Fahrrad gestürzt. Wie oft soll ich denn das noch sagen." "Wo ist ihr Mann?" Sie seufzte. "Woher soll ich das wissen? Irgendwo. Er kommt erst Nachts nach Hause." Stefanie notierte alles. "Dürften wir uns mal Mariellas Zimmer ansehen?" "Ungern." Mühselig stand sie auf, und zeigte uns doch noch Mariellas Zimmer. Im Zimmer gab es ein Bett. Das war alles. "Nur ein Bett?" Fragte Stefanie. "Ja was denn noch? Ein Bett zum schlafen, das genügt ja wohl." "Diese Zustände hier werde ich dem Jugendamt melden."

Sagte ich mit zitternder Stimme. Ich wandte mich zu ihr. "Schlagen sie oder ihr Mann Mariella?" Sie schien wenig überrascht über diese Frage. "So was würden wir nie tun. Und nun ist die Zeit für sie gekommen, zu gehen." Mit dem Bier in der rechten Hand und der Kippe in der linken, begleitete sie uns raus. "Und lasst euch hier nie wieder blicken!" Schimpfte sie uns nach. "Was für 'ne Familie. Da kriegt man ja Angst." Sagte Stefanie, als wir zum Wagen watschten. "Schrecklich. Ich werde nachher gleich mit dem Jugendamt telefonieren. Da müssen wir was tun." Kommentierte ich. Sauer auf Familie Zehnder fuhren wir im Mégane ins Revier. An meinem Schreibtisch angekommen nahm ich gleich den Hörer zur Hand, während Stefanie an die Bürotüre klopfte, um dem Chef unser Erlebtes zu erzählen. "Jugendamt Frauenfeld, Müller." Hörte ich eine Frau am Telefon. "Guten Tag. Ich bin Kriminalpolizistin Isabelle Gross. Meine Partnerin und ich waren heute bei einer Familie, bei der der Verdacht besteht, dass die Eltern ihre Tochter misshandeln." Frau Müller hörte aufmerksam zu. "Und wie heisst diese Familie?" "Das ist Familie Zehnder aus Frauenfeld." Sie atmete laus aus. "Ja, die kennen wir. Familie Zehnder wird seit drei Jahren von uns immer wieder überprüft." "Was?

Das kann doch nicht ihr Ernst sein. Die Kleine wird wahrscheinlich misshandelt. Das Haus sieht so schlimm aus, dass ich nicht freiwillig hineingehen wollte. Und sie erzählen mir, diese Familie wird von ihnen überprüft?" Wieder atmete sie laut aus, diesmal war sie aber etwas wütend. "Sie haben mir nicht zu sagen wie ich meinen Job zu erledigen habe. Wissen sie eigentlich wie viele Familien unsere Unterstützung benötigen? Wir waren schon öfters bei Familie Zehnder, konnten aber keinen Grund sehen, weshalb wir ihnen ihre Tochter wegnehmen sollten." "Keinen Grund? Was soll das denn. Ich habe innerhalb dreissig Minuten genug Gründe gesehen." "Frau Gross. Sehen sie, das ist nicht so einfach. Diese Familie ist schon etwas, na ja, wie soll ich es sagen, seltsam. Aber wie gesagt, ist das noch lange kein Grund. Im Haus war es mehr oder weniger sauber." Das konnte doch nicht ihr Ernst sein. "Sauber? Sagen sie bloss, sie melden sich vor ihrem Besuch bei der Familie an?" "Ja, das haben wir getan. Aber man hat nie Anzeichen gesehen, dass sie ihr Kind schlagen. Wir werden uns in den nächsten Tagen mit der Familie in Verbindung setzen. Ich wünsche ihnen noch einen schönen Tag." Sie legte den Hörer auf. Starr saß ich auf meinem Stuhl und blickte mit gefalteten

Händen ins leere. "Isabelle?" Riss mich Stefanie aus den Gedanken. "Ja. Das Jugendamt kennt Familie Zehnder bereits." Unser dicklicher Chef gesellte sich zu uns. "Und? Was haben sie gesagt?" "Tja.. Sie werden sich in den nächsten Tagen der Familie einen Besuch abstatten. Das ist alles. Ach, und sie hat noch gesagt, dass sich das Jugendamt anmeldet, bevor sie auf Besuch gehen. Sie hätten keine Anzeichen von Gewalt gesehen." Der Chef schüttelte den Kopf. "Das kann doch nicht wahr sein. Die Kleine wird bestimmt misshandelt. Isst was zu Mittag, danach geht ihr zur Schule. Vielleicht hat der Lehrer, oder die Lehrerin was bemerkt." "Na Toll. Wir müssen doch nicht etwa die Mutter fragen in welche Schule Mariella geht?" Motzte Stefanie. "Nur keine Sorge, Lang. Hier, die Adresse." Stefanie packte die Adresse in ihre Tasche. "Pizza?" Fragte ich. Aus verschiedenen Ecken ertönte ein Ja. Bei unserer Sandra bestellte ich drei Familienpizzas. Damit ich am Abend nicht mehr so viel zu tun haben würde, arbeitete ich an meinem Bericht, bis das Essen kam.

Stefanie klopfte an der ersten Tür. Es öffnete ein

grauhaariger, älterer Herr. "Guten Tag. Kriminalpolizei. Mein Name ist Gross, und das ist Frau Lang. Könnten sie uns vielleicht sagen, in welche Klasse Mariella Zehnder zur Schule geht?" Er setzte seine Brille zurecht. "Ja, die Mariella ist in meiner Klasse. Aber sie ist heute nicht hier, sie ist krank. Herr Zehnder hat mich am Morgen angerufen. Sie hat die Grippe." "Herr.." "Obermeier." "Herr Obermeier, können wir kurz mit ihnen sprechen, es ist sehr wichtig." Er schaute kurz zu seiner Klasse. "Ich bin gleich zurück. Bitte, hier entlang." Wir folgten ihm ins Lehrerzimmer, und setzten uns um einen grossen Glastisch. "Herr Obermeier, haben sie bei Mariella vielleicht was beunruhigendes bemerkt? Hatte sie vielleicht öfters mal blaue Flecken?" Er legte seine Brille auf den Tisch. "Zwischendurch kam sie sehr ermüdet, und mit blauen Flecken zur Schule. Sie sagte immer, dass sie gestürzt sei. Aber ich ahnte dass da was nicht stimmte. Vor einigen Wochen meldete ich es dem Jugendamt. Die Frau am Telefon sagte, dass sie sich bereits darum kümmern. Mehr kann ich leider nicht dazu sagen." "Ist schon in Ordnung, vielen dank. Hier, meine Visitenkarte. Rufen sie mich an, wenn ihnen noch was einfällt." "Ja, das werde ich sicher tun." Sagte er beim hinausgehen.

Wir verabschiedeten uns von ihm, und fuhren zurück ins Büro. "Nicht gerade eine grosse Hilfe. Sollen wir nochmals ins Haus der Familie?" Stefanie überlegte. "Lass uns nochmals hinfahren. Die Mutter sollte doch wissen wo ihr Kind ist." Ich schaute zu Stefanie rüber. "Sollen schon, aber wahrscheinlich nicht wollen."

"Was wollt ihr denn schon wieder hier." "Hallo Frau Zehnder, ist ihr Mann nun zu Hause?" Sie schüttelte den Kopf. "Ach Mensch, wie oft muss ich das denn noch sagen. Er kommt sehr spät." Stefanie schrieb alles auf ihren Block. "Wissen sie, dass Mariella heute nicht zur Schule ging?" "Dieses Mädchen treibt mich noch in den Wahnsinn. Seit sie im Sommer wieder mit der Schule angefangen hat, ist sie kaum wieder zu erkennen. Sie ist so frech geworden." "Frau Zehnder, ihr Mann hat sie dort für heute abgemeldet." "Was? So ein Schwachsinn. Das würde mein Mann nie tun. Ihm ist die Schule genauso wichtig wie mir." "Dürfen wir nochmals in Mariellas Zimmer?" Fragte ich. "Sie wissen ja wo es ist." Sie liess uns lustlos hinein, und setzte sich gleich wieder vor die Glotze, um nicht noch was zu verpassen. "Und was gedenkst du hier zu finden?" Fragte Stefanie neugierig. "Jedes Mädchen hat ein Tagebuch." Ich schaute unter dem Bett, unter der Decke, und unter dem Kissen. Doch es war nichts zu finden. Man konnte riechen, dass die Bettwäsche seit Monaten nicht mehr gewechselt wurde. Beim Kissen spürte ich etwas darin. Leise, damit uns Frau Zehnder nicht hören konnte, schüttete ich das Kissen aus. Tatsächlich. Hier war das Tagebuch also versteckt. Ich packte es schnell in meine Tasche. "Vielen dank, Frau Zehnder. Auf Wiedersehen." Verabschiedete ich uns von ihr, doch sie saß stumm auf dem alten Sofa. Wir verließen das Haus und fuhren zum Büro. "Du weißt aber auch, dass wir noch gar keinen Durchsuchungsbefehl in der Hand haben?" Ich musste etwas schmunzeln. "Das war doch unsere Chance. Wer weiss ob es nicht bald die Mutter gefunden hätte. Ich glaube, die hat gar nicht wirklich mitbekommen dass ihre Tochter verschwunden ist." "Was für eine Familie." "Tja, das sind halt die Flodders." Fügte ich mit einem Augenzwinkern bei.

Gemütlich in meinem Stuhl sitzend, las ich das Tagebuch. "Was hast du denn da?" Oh je. Da war unser Chef. "Chef hör mal, das war die einzige

Chance." Er schüttelte den Kopf. "Die einzige Chance? Du hattest keinen Durchsuchungsbefehl." "Ja, tut mir leid. Aber lass mich jetzt darin lesen. Wenn die Kleine Misshandelt wird, dann steht es hier drin." Ich wandte mich vom Chef ab, und begann zu lesen.

5.August

Liebes Tagebuch, heute ist Montag. Ein schrecklicher Tag. Mama hat mir meinen Tisch und meinen Schrank weggenommen. Sie sagte, dass ich ihn nicht mehr brauche. Ich könne ja im Wohnzimmer schreiben. Jetzt habe ich nur noch mein Bett. Das Etui hat sie mir auch genommen. Ich habe dann aus der Schublade in ihrem Zimmer diesen Kugelschreiber genommen. Ich habe sie gefragt, warum sie mir alles wegnimmt, doch sie sagte nur, "frag deinen Vater. Der wird dir sicher alles schön erklären." Ohne Papa zu sehen bin ich gegen zehn Uhr eingeschlafen. Plötzlich hörte ich ihn die Türe gewaltsam aufreissen. Er marschierte zu mir ans Bett. "Los, steh auf!" Brüllte er. Aus

Angst folgte ich seinem Befehl. Er schlug plötzlich zu. Zu erst hat er mir eins auf die rechte Wange gegeben, dann zog er meine Hosen runter und schlug weiter. So plötzlich wie es begann, so plötzlich hörte es auf. "Wenn ich dich im Wohnzimmer weinen höre, komme ich wieder." Drohte er mir. Ich weinte in mein Kissen. Ich wollte wissen, warum er das getan hat, und warum Mama mir fast alles aus meinem Zimmer nahm. Doch ich traute mich nicht. Ich hatte Angst, wieder von Papa verhauen zu werden. So nun ist es aber Zeit zu schlafen. Gute Nacht, liebes Tagebuch.

Ich bekam eine Gänsehaut. "Hier steht alles. Sie wurde vom Vater geschlagen." "Was? Kann ich das mal lesen?" Fragte Stefanie. "Ich bin noch lange nicht fertig. Danach kannst du es haben." Meine Augen folgten den Worten weiter.

6.August

*Hallo, liebes Tagebuch. Als Mama und ich allein
zu Hause waren, habe ich mich getraut zu fragen,
warum so schlimme Dinge gestern passiert sind.
Hätte ich das lieber gelassen. "Du wagst es, mich
zu fragen warum?" Ich merkte, dass sie ganz
schön böse war. "Weil ich deinen Tisch zum Nähen
brauche. Papa wurde sauer, weil du mir nicht
geholfen hast." Ich ging spazieren. Im Wald sah
ich einen Hochstuhl, der eigentlich für Jäger war.
Traurig stieg ich die Stufen hoch. Ein herrlicher
Ausblick, wunderschön. Meine Sorgen waren für
einen Moment vergessen. Weil ich fast die ganze
Nacht nicht schlafen konnte, war ich sehr müde
und schlief ein. Als ich nach einiger Zeit
aufwachte, war es bereits am eindunkeln. Schnell
rannte ich nach Hause, mit der grossen Angst,
Papa würde mir wieder weh tun. Zu Hause
erwartete mich Mama stinke sauer. Ohne zu fragen
wo ich überhaupt war, hatte sie mir schon eine
geknallt. "In dein Zimmer! Und glaub bloss nicht,
du bekommst was zu essen." Brüllte sie im ganzen
Haus rum. Ich legte mich ins Bett, als Papa im
Stechschritt herein kam. Er donnerte mir eine, und
ich spickte in die Ecke. Meine Tränen flossen über*

die Wangen. Dann setzte er erneut zum Schlag aus, verliess dann dass Zimmer ohne ein Wort zu sprechen. Liebes Tagebuch, ich habe keine Ahnung warum Mama und Papa auf einmal immer so böse auf mich sind. Was mache ich falsch? Wir waren ja noch nie eine sehr glückliche Familie, aber so schlimm war es noch nie. Du bist meine beste Freundin, ich hoffe, ich werde dich nie verlieren. Gute Nacht, liebes Tagebuch.

Stefanie holte sich einen Kaffee. "Magst du auch einen?" Ich nickte. "Ja, einen starken. In dem Tagebuch steht eine Menge drin. Es ist so grausam. Aber dem Tagebuch konnte Mariella alles anvertrauen." Stefanie sagte nichts dazu. Sie brachte mir den sehnsüchtig erwarteten Kaffee, und ich setzte mit dem Lesen fort.

11.August

*Hallo Lisa. Es ist doch in Ordnung wenn ich dich
Lisa nenne, oder? Heute sollte ein schöner Tag
werden. Mit Tante Anna war ich im Tierli-Walter-
Zoo. Es war sehr schön, und wir hatten eine menge
Spass. Ich begegnete Ziegen die ich selbst füttern
konnte, Affen, Zebras und noch vielen anderen
Tieren. Am Grillplatz setzten wir uns, um unser
Mittagessen zu geniessen. Sie fragte mich, wie es
mir denn so geht, und ich erzählte ihr, dass Mama
und Papa in letzter Zeit immer böse auf mich sind,
aber ich nicht weiss warum. Sie sagte, sie würde
mal mit meinen Eltern darüber sprechen. Von den
Schlägen habe ich ihr nichts erzählt.*

*Bei uns zu Hause verschwand ich sofort in meinem
Zimmer, liess aber die Tür einen Spalt offen. Ich
hörte, wie Tante Anna Mama und Papa erzählte,
wie es im Zoo war. Und sie sagte, dass wir in
letzter Zeit viel Streit hätten. Mama antwortete nur,
"Ach Anna, du weißt ja wie Kinder in dem Alter
sind. Sie glauben ständig, sie wären schon
erwachsen." Damit war das Thema für alle
beendet. Vielleicht lag es ja tatsächlich an mir.
Tante Anna verabschiedete sich mit einem
"Tschüss Mariella" aus dem Wohnzimmer von mir.*

Meine Tür quitschte auf. Da war Papa. Mit seinem Gürtel in der Hand. "Du erzählst anderen Leuten von unseren Problemen? Eins kann ich dir sagen, das war das letzte Mal." Er befahl mir, meine Hose runter zu lassen und mich übers Bett zu beugen.

20.August

Liebe Lisa, ich habe dich vermisst. Aus Angst, dass Mama oder Papa dich entdecken konnte ich nicht mehr weiter schreiben. Das tut mir sehr leid, ich hoffe du bist nicht sauer auf mich. Die Schule hat wieder angefangen. Zum Glück. So komm ich wenigsten ab und zu auf andere Gedanken. Ich weiss immer noch nicht was mit Mama und Papa los ist. Ich habe sie so lieb. Sie mich denn nicht mehr? Kennst du vielleicht die Antwort auf meine Frage? Ich habe Angst vor meinen eigenen Eltern. Das finde ich ganz schlimm. Heute mussten wir einen Mathetest schreiben. Ich habe ein sehr schlechtes Gefühl. Morgen bekommen wir den Test zurück. Das schlimme ist, die Eltern müssen unterschreiben. Papa habe ich die letzten zwei Tage gar nicht gesehen. Mama spricht nicht mit mir. Ich habe hunger, durfte heute noch nichts essen. Gute Nacht, hab dich lieb.

21.August

Hey Lisa, ich habe heute den Test zurückbekommen. Eine Fünf. Du meinst das ist gut, tja ich auch, aber Mama und Papa wollen eine Sechs sehen. Mit meiner stolzen Fünf rannte ich nach Hause. Aber Mama zeigte keine Freude. Gleich kassierte ich eine Watsche. "Dein Vater und ich erwarten eine Sechs!" Mir war bewusst, dass das mit Papa wieder Ärger geben würde. Das war auch so. Nach dem ich das, aus dem Schrank geklauten Essen verschlungen hatte, kam er in mein Zimmer. Wieder weinte ich, aber das hielt ihn nicht auf. Ich musste meine Hose runter lassen, und es ging wieder los.
Liebe Lisa, ich habe wirklich Angst, dass er mich noch irgendwann umbringt.

Ich war schockiert über dieses Tagebuch. "Chef! Komm mal her!" Rief ich von meinem Stuhl aus in sein Büro. Die Kleine wurde von ihren Eltern ganz schön Übel zugerichtet. Wir müssen sie finden." "Ja, und zwar so schnell wie möglich. Morgen geht ihr gleich zu Familie Zehnder. Am Morgen wird der seinen Rausch ausschlafen. Aber leider können wir ihm nichts nachweisen. Also noch nicht verhaften, Gross! Er muss uns zu Mariella führen. Erst dann kannst du ihn herschleppen. Und nun geht nach Hause, und ruht euch aus." "Alles klar Chef. Dann bis morgen. Um sieben hier?" Fragte ich Stefanie. "Ja, dann können wir zusammen zu Familie Zehnder. Hey, noch Lust zu mir zu kommen? Du warst noch nie bei mir zu Hause." "Ja, warum eigentlich nicht, habe noch nichts vor." Und so fuhr ich ihr hinterher. Vor einem grossen Haus parkte sie ihren Wagen. Ich direkt hinter ihr. Ein wunderschönes, weiss gestrichenes Haus. "Wow. Nicht schlecht. Und du lebst hier?" Mit einem Armzwinkern bat sie mich hinein. "Komm. Wir sind alleine. Bruno ist im Iran und Zoé bei meiner Mutter. Sie öffnete die weisse Tür. Hinein durch den breiten Flur, ins offene, helle Wohnzimmer. Das hatte ich mir schon gedacht. Ein sehr schönes Haus, aber sehr spießig eingerichtet. Überall konnte man Sammlungen aus den Archäologischen Reisen erkennen. Draußen umgab

ein gepflegter Rasen den Spielplatz. Stefanie ging zur Küche. "Ein Bier oder lieber einen Kaffee?" Ich folgte ihr in die gelbe, sehr schön aussehende Küche. "Ein Bier. Nach dem lesen in diesem Tagebuch brauche ich was richtiges zu trinken." Sie gönnte sich einen Kaffee. "Ja, das ist echt ziemlich heftig. Komm, setzten wir uns aufs Sofa. Ich habe halt keinen Kamin." Sagte sie mit einem Schmunzeln. "Möchtest du hier essen? Ich bin sowieso alleine. Natürlich nur, wenn du willst." Da musste ich nicht lange überlegen. "Na klar, wenn ich nicht kochen muss…" Wir mussten beide lachen. "Komm her, und such dir was aus." Sie stand vor einer grossen Tiefkühltruhe auf der Terrasse. "Oder sollen wir was vom Chinesen bestellen?" "Da bin ich dabei. Vom Chinesen hatte ich schon eine ganze Weile nichts mehr. Aber du rufst an." Sie nickte, und bestellte uns ein Menu. "Ich geh mich nur schnell umziehen." "In Ordnung." Während sie sich umzog, schaute ich mich im Haus noch etwas besser um. Im Flur hingen einige Fotos der Familie. Stefanie, ihr Mann Bruno und die kleine Zoé.
Sie kam in Schlabberhosen zurück. "So, nun hab ich es auch etwas bequemer."
Wir sprachen noch eine Weile über das

schreckliche Tagebuch, und was wohl sonst noch so alles drin stehen würde.

3. Kapitel

Samstag

Es fing an zu schneien. Wunderschön durch das Fenster zu beobachten. Ich saß, mit den Füssen auf dem Tisch, im Wohnzimmer, trank Tee und las meine Thurgauer Zeitung. Das Tagebuch der zehnjährigen Mariella verfolgte mich sogar in meinem Traum. Langsam, obwohl ich wusste dass ich zu spät kommen würde, richtete ich mich für die Arbeit.

Auf dem Revier erwartete mich bereits Stefanie, die im Tagebuch vertieft war. "Ganz schön heftig, nicht war?" Sie schaute mich an. "Ja, es ist brutal. Los, gehen wir." Meine Autoschlüssel noch in der Hand, ging es wieder Richtung Wagen.

Vor der Haustüre warteten wir darauf, dass uns jemand öffnete. Eine ganze Weile tat sich nichts.

Nach erneutem, lautem poltern öffnete Frau Zehnder die Tür. "Was?" Begrüsste sie uns. "Guten Morgen, Frau Zehnder. Ist ihr Mann zu Hause?" Sie zündete sich eine Zigarette an. "Die zweite Tür links." Erklärte sie uns, und verschwand mal wieder im Wohnzimmer, wo wahrscheinlich die ganze Nacht der Fernseher lief. Stefanie öffnete langsam die Tür. "Herr Zehnder, Kriminalpolizei." Er erschrak, und juckte mit seinem Bierbauch aus dem Bett. "Haben sie Mariella gefunden? Sie ist gestern nicht nach Hause gekommen." Stefanie und ich schauten uns an. "Wie bitte? Sie kam gestern nicht nach Hause? Können sie uns sagen, weshalb sie nicht in der Schule war?" Er schaute mich fragwürdig an. "Wie jetzt. Mariella war gestern nicht in der Schule? Na die kann was erleben. Einfach so zu schwänzen." Stefanie nahm Block und Kugelschreiber, und schrieb alles auf, während ich die Fragen stellte. "Herr Zehnder. Herr Obermeier hat uns gesagt, dass sie Mariella krank gemeldet haben. Sie hätte eine Grippe, hieß es." Er schüttelte mit dem Kopf jede Schuld von sich. "Nein, das war ich nicht. Ich habe sie zur Schule gefahren. Ob sie allerdings hinein ging, kann ich nicht sagen. ich fuhr gleich wieder weiter als sie ausstieg." "Wo waren sie denn gestern den ganzen

Tag?" Seine Frau mischte sich ein. "Rumsaufen war er den ganzen Tag. In seiner Stammkneipe, im Engel. Dort ist er den ganzen Tag." Etwas genervt fragte ich Herr Zehnder nochmals. "Das stimmt. Ich war mit paar Freunden dort. Wie immer. Das ist mein zweites zu Hause." "Wir werden das überprüfen. Wissen sie vielleicht, wo ihre Tochter sein könnte? Bei Freunden vielleicht?" Wieder mischte sich Frau Zehnder mit ihrer Alkoholfahne ein. "Die hat keine Freunde. Sie spielt lieber alleine in ihrem Zimmer. Sie mag keine anderen Leute." Ich schaute Stefanie an. Mit einem Kopfnicken gab sie mir das Zeichen, zu erzählen was wir wissen. "Hören sie mal, wir wissen dass es Mariella hier nicht ganz so gut hatte." Leider konnte ich nicht weiter reden. Diesmal unterbrach mich Herr Zehnder. "Nicht gut? Sie hatte ein Dach über dem Kopf. Wissen sie eigentlich wie viele Menschen das nicht haben? Also erzählen sie mir nicht, Mariella hätte es bei uns nicht gut gehabt." Wütend zeigte er mir mit dem Finger auf mich während er sprach. "Herr Zehnder. Wir wissen, dass sie Mariella geschlagen haben." Beide standen auf, und brüllten drauflos. "Raus hier! Aber schnell!" Gesagt, getan. Schnell verließen wir das Haus des Schreckens und fuhren zum Büro zurück. "Also. Es gibt zwei Möglichkeiten. Entweder, Herr Flodder hält seine Tochter irgendwo versteckt, oder sie ist abgehauen." Sagte ich, und wartete darauf, dass Stefanie ihren Kommentar bringt. "Ich tippe auf das Erste. Ich denke nicht, dass sie abgehauen ist." "Wie wär's, wenn du in diesen Engel gehst, und seine Version der Geschichte überprüfst, und ich das Tagebuch weiter lese. Vielleicht finde ich noch einen Anhaltspunkt." "Geht klar." Sagte sie, mit ihrer öden Bluse auf dem Beifahrersitz sitzend. Auf dem Parkplatz schritt sie zu ihrem Fiat und ich machte mich auf den Weg zum Schreibtisch, um im Tagebuch weiter zu lesen. "Und? Hat er was gesagt?" Fragte der Chef. "Nein. Stefanie überprüft, ob seine Geschichte stimmt. Ich muss noch das Buch des Grauens zu Ende lesen." Er nickte und verschwand in seinem Büro. Ich machte es mir gemütlich, und legte die Beine auf den Tisch. Immerhin hatte ich eine Menge zu lesen.

5.September

Na Lisa, wie geht's denn so? Mir geht es sehr schlecht. Heute war ich fast den ganzen Nachmittag auf dem Hochstuhl. Ich war sehr traurig, und musste immer daran denken, dass mich Mama und Papa nicht mehr lieb haben. Warum weiss ich bis heute nicht. Auf dem Hochstuhl habe ich mit Kreide, die ich aus dem Keller genommen habe, Zeichnungen gemalt. Ich hoffe, die werden nicht zu arg mit mir schimpfen. Heute bin ich elf geworden. Doch das interessiert hier niemanden. Leider habe ich Papa gefragt, ob ich zu meinem Geburtstag Freunde einladen dürfte. "Freunde? Du hast doch gar keine Freunde. Mama und ich sind deine Freunde, und das genügt auch. Hier, dein Geburtstagsgeschenk." Ich war überglücklich, als er das sagte. Ich dachte, dass ich was tolles bekommen würde. Tja, nur leider war das Geschenk nicht so toll. Mit dem Gürtel in der Hand bekam ich Schläge auf meinen Hintern. "Wie alt bist du geworden, elf? Das macht dann elf Schläge." Er und Mama zählten ganz laut. "Eins, zwei, drei, vier, fünf, sechs, sieben, acht, neun, zehn, elf! Alles Gute zum Geburtstag." Als ich

mich dafür nicht bedankte ging es von vorne los.
Bis ich endlich ein "Danke" über meine Lippen
brachte. Danach durfte ich ins Zimmer. Das war
der schlimmste Geburtstag, den ich je hatte. Jetzt
muss ich aber schlafen, tschüss.

Meine Augen füllten sich mit Wasser. Was musste
die Kleine für Qualen erleiden. Das war einfach
schrecklich, einfach unglaublich. Ich las weiter, in
der Hoffnung dass es bald ein Ende nahm.
10.September

Liebe Lisa, habe Heute für Papa ein Gedicht
geschrieben. Ich hoffe, es gefällt dir.

ALKOHOL

Es war die Lösung nach der du suchtest,
Es war dein Freund den du brauchtest.
Um die Vergangenheit zu vergessen
Suchtest du die falschen Freunde.
Sie rieten dir, dich mit dem Alkohol zu messen.

Um die tiefen Schmerzen zu bekämpfen,
Nach dem Vaters Tode.
Jeden Tag mehr und mehr,
Der Alkohol wurde deine Mode.

Unsere Familie brach zusammen,
Immer stärker wurde der Hass.
Die Familie war dir egal.
Nicht mein schönes Lachen,
Der Alkohol war dein Sonnenstrahl.

Es ist vorbei, hier ist die Zeit,
Die dich von uns und deinen Qualen befreit.
An deinem Grabe wird niemand stehen,
Ganz alleine wirst du von uns gehen.
In alle Ewigkeit wirst du dort liegen,

Ich hab's gewusst, die Gerechtigkeit wird immer siegen.

20.September

Guten Morgen, Lisa. Es tut mir sehr leid, aber ich hatte keine Kraft mehr zu schreiben. Ich hoffe, du kannst mir verzeihen. Gestern war ein schlimmer Tag. Schon seit längerer Zeit muss ich alles machen. In die Schule gehen, Hausaufgaben erledigen, putzen, kochen, Wäsche waschen, und bügeln. Und das jeden Tag. Kennst du das Märchen Aschenputtel? Genauso komm ich mir vor, einfach ohne Hoffnung auf Besserung. Ich wüsste nicht, was ich ohne dich tun würde. Gestern, als Papa nach Hause kam, war das Essen noch nicht auf dem Tisch. Ich war erst am Tisch decken. Er schmiss mir alle Teller hinterher. Getroffen hat er zum Glück nicht. Aber aufräumen musste ich dann natürlich wieder. Überraschenderweise durfte ich zur selben Zeit, am selben Tisch essen wie Mama und Papa. Das gab es nur selten. Als wir am essen waren, kamen eine Frau und ein Mann ins Haus. Sie stellten ein Haufen Fragen, und sahen sich im ganzen Haus um. Durch die scharfen Blicke der Eltern kontrollierend antwortete ich so, das meine Eltern mich nicht wieder schlagen würden. Der Besuch dauerte etwa eine halbe Stunde. Danach konnte ich fertig essen. "Nach dem Essen bringst du die Küche in Ordnung. Ich räum in der Zwischenzeit dein Zimmer wieder aus." Da wurde ich sehr traurig. Ich habe schon gehofft, dass sich meine Eltern geändert haben. Aber die neuen Möbel in meinem Zimmer waren nur fürs Jugendamt hineingestellt worden. Ja, liebe Lisa, du hast richtig gehört. Das war das Jugendamt. Ich habe gehört wie das Mama zu Papa gesagt hat. Ich habe dem Jugendamt nichts gesagt, weil ich Mama und Papa keinen Ärger machen wollte, aber jetzt bereue ich es. Du fragst dich bestimmt, warum ich plötzlich am morgen schreibe. Mama und Papa sind einkaufen gegangen. Aber jetzt muss ich aufhören, sie kommen bestimmt gleich.

25.Septamber

Liebe Lisa, gestern war es mal wieder ganz schlimm. Am Abend, als Papa nach Hause kam, grüsste ich ihn nicht sofort. Dann ist er ausgerastet. "Mann grüsst gefälligst." Er hat mich

Windel weich geprügelt. Nach einer Flatter auf meine rechte Wange bin ich über den Tisch in der Küche gestürzt, und habe mir eine Menge blauer Flecken geholt. Ich konnte lange nicht einschlafen. Ich hatte immer Angst, dass Papa reinkommen würde, und sich das Szenario am selben Abend wiederholen würde. Heute Morgen musste ich dann so zur Schule. Papa hat gedroht, dass mich die Polizei ins Gefängnis steckt, wenn ich irgendwem was sagen würde. Es könnte mir niemand helfen. Herr Obermeier, mein Lehrer, hat mich auf meine Flecken angesprochen. Ich sagte, dass ich vom Fahrrad gestürzt sei.

1.Oktober

Hallo Lisa. Ich halte es fast nicht mehr aus. Es muss sich was ändern, ich kann nicht mehr. Niemandem kann ich vertrauen, alle würden es

Mama und Papa erzählen, und das gäbe wieder Schläge. Bitte hilf mir. Was kann ich nur tun?

8.Oktober

Liebe Lisa, du glaubst nicht, was passiert ist. Ich durfte die letzten zwei Tage bei Tante Anna verbringen. Ich wollte ihr alles erzählen, aber ich hatte Angst vor der Strafe, die mir Papa mit Sicherheit geben würde. Also sagte ich nichts, und genoss zwei Tage lang meine Freiheit. Gestern Morgen kam sie mich abholen. Wir sind ins Hallenbad schwimmen gegangen. Sie hat es mir beigebracht. Mit Mama war ich noch nie Schwimmen.
Zu Mittag haben wir gemeinsam an einem Tisch gegessen. Das war wunderschön. Am Nachmittag gingen wir an den Bodensee spazieren. Es war etwas windig, aber trotzdem unvergesslich. Am Abend durfte ich seit langem mal wieder einen Kakao trinken. Was für ein Genuss. Ich wollte nie wieder zurück kommen. Nach dem Kakao durfte ich mir einen Zeichentrick ansehen. Danach

konnte ich ohne Sorgen einschlafen. Heute Morgen sind wir dann in ein Restaurant Frühstücken gegangen. Das war lecker! Tja, dann war die Zeit auch schon wieder um. Am Abend musste Ich wieder zurück nach Hause. Papa ist erst sehr spät gekommen. Er kam in mein Zimmer gestürmt, schlug mich mit meinem Kissen ins Gesicht, und flüchtete wieder hinaus. Ich hoffte nur die ganze Zeit, das du nicht aus dem Kissen fliegst. Das hätte dann Terror gegeben. Schlaf gut, bis zum nächsten mal.

14. Oktober.

Hallo Lisa, ich muss zugeben, es fällt mir manchmal richtig schwer, dir zu schreiben. Es ist nicht immer einfach. Ich kam mal wieder, für meine Eltern, mit schlechten Noten nach Hause. Papa prügelte mich ins Bad. Ich hatte ganz grosse Angst. Ich wusste nicht was jetzt passieren wird. Ich wusste nicht, was er mit mir vor hatte. Er zog mir die Hose runter. "Über die Badewanne!" Befahl er. Ich bückte mich also über die

Badewanne, zitternd vor Angst. Dann ging es los.
Mit dem Gürtel haute er auf mich ein. Er hörte,
und hörte nicht auf. Nun tut mir alles weh, ich
kann mich kaum bewegen. Hoffentlich holt mich
bald jemand raus aus dieser Hölle. Gute Nacht.

21.Oktober

Ist der Schmerz noch so gross,
Sitzt der Hass noch so tief,
Du bist bei mir und gibst mir Kraft.
Zu vergessen was geschehen,
Zu sehen was Mensch alles schafft.
Du bist mein Alles,
Meine Seele, mein Herz.
Die Welt ist so grausam,
Ich bin voller Schmerz.

Tut mir leid, aber mir ist nichts besseres
eingefallen. Was soll ich denn auch immer
schreiben. Jeden Tag ist es das gleiche. Papa
kommt, haut, und geht wieder. Sei mir nicht böse,
ich wünsche dir eine erholsame Nacht.
1.November

Liebe Lisa, wie geht's? Ich hoffe, es geht dir besser als mir. Ich kann nicht mehr. Mir tut alles weh. Gestern Abend hat mich Papa in den Keller gesperrt. Warum weiss ich auch nicht. Das war das Schlimmste bis jetzt. Ich habe das Gefühl, es wird immer schlimmer. Auch Mama haut nun gerne mal zu. Ich hatte im Keller ein Glas Wasser und ein Stück Brot zu Verfügung. Kein Fenster, keine frische Luft. Ich hatte grosse Angst. Mama kam die Treppe runter. "Hey, meine Süsse, magst du ein Gummibärchen?" Ich war froh. "Gerne." Antwortete ich. Doch dann wendete sich das Blatt. "Ha, glaubst du etwa im ernst, ich würde dir meine Gummibären geben? Die hast du nicht verdient." Und schon hatte ich eine kassiert. Ich vegetierte einfach vor mich hin. Ich dachte, Mama und Papa würden mich im Keller verrotten lassen. Doch vorhin durfte ich wieder hoch kommen. Ich hoffe, das war's mit der Gewalt für Heute. Schlaf gut.

20.November

Liebe Lisa. Ich weiss, dass ich dich vernachlässigt habe, und das tut mir auch sehr leid. Aber bei uns in der Familie wird es immer Schlimmer. Gestern wollte Nicole, meine Freundin, mit mir spielen. Doch Mama öffnete die Tür und fauchte sie an. "Mariella braucht keine Freunde. Sie hat mich und ihren Vater. Wir spielen mit ihr. Und außerdem hat sie Hausarrest." Bevor Nicole überhaupt was sagen konnte, schletzte Mama die Türe zu. Ich verkroch mich traurig in mein Zimmer. "Mariella!" Rief Mama. Ich hatte nicht viel Zeit, zu ihr zukommen. Ich weiss ja langsam, dass Mama nicht lange auf mich warten will. Also rannte ich ins Wohnzimmer. "Abwaschen." Ich machte mich gleich an die Arbeit. Alles musste fertig sein, bevor Papa nach Hause kommt. Nur leider war das früher als sonst. Ich hätte nur noch ein Glas zum abtrocknen gehabt. Er sagte nicht mal Mama zuerst guten Abend, nein, er kam auf mich zu, packte mich an den Armen und zog mich ins Badezimmer. "Das nächste Mal bist du mit der Hausarbeit fertig wenn ich nach Hause komme." Dann musste ich mich wie ein Hund auf allen

vieren auf den Boden stellen, den Pullover abziehen, dann schlug er mit dem berühmten Gürtel zu. Diesmal zählte ich zwanzig Schläge. Es war kaum auszuhalten.
Machs gut, hab dich lieb, meine Lisa.

30.November

Hallo Lisa. Heute habe ich wieder ein Gedicht geschrieben. Es drückt das aus, was ich fühle.

DER AUGENBLICK

Ein zucken mit den Wimpern,
Ein Sekundenschlag auf der Uhr.
Der Augenblick ist nur sehr kurz.

Die Zeit geniessen,
Jeden Augenblick,
Die Blüte des Lebens lächelt dir zu.

Ob gut oder schlecht,
Du sollst nicht verstecken,
Es wird ihn geben, den Augenblick der Besserung.

Du sollst nicht ans Böse denken,
Auch wenn dir geschieht,
Vor Augen sind stets die schönen Augenblicke des
Lebens.

Es ist sehr schade,
Das Leben ist sehr kurz,
Geniesse jeden Augenblick

Das stimmt doch, oder? Man sollte jeden
Augenblick geniessen, egal wie schlecht es einem

geht. Hier habe ich noch ein Gedicht:

LEBEN

Leben ist: versuchen, andere zu verstehen.
Die Welt mit anderen Augen sehen.
Nicht nur auf sich zu schauen,
auch mal jemandem zu vertrauen.

Leben ist: nicht immer die eigene Nase zu heben,
auch mal die Schuld anderer vergeben.
Nicht nur an sich zu denken,
Liebe auch mal anderen verschenken.

Leben ist: zu gestehen, der Weg ist so weit,
aber zu wissen, es kommt eine bessere Zeit.
In schlechten Tagen mal zu lachen,
oder auch was ganz verrücktes machen.

Leben ist: sich auf den nächsten Tag zu freuen,
und sich nicht immer vor schlechtem scheuen.
Keine Angst haben, vor dem Versagen.
Auch mal den ersten Schritt zu wagen.

Leben ist: Zeit zu haben für sich ganz allein,
und mit sich selbst im Reinen zu sein.

So, nun bin ich aber sehr müde. Gute Nacht, liebe
Lisa.

"Schon irgendwelche Anhaltspunkte, wo die Kleine
sein könnte?" Fragte der Chef, und in dem Moment
kam Stefanie herein. "Herr Zehnder sagt die
Wahrheit. Er war den ganzen Tag im Engel." Ich
stützte meinen Kopf auf den gefalteten Händen ab.
"Dann müssen wir also davon ausgehen, dass sie
weggelaufen ist. Im Tagebuch hat sie mehrmals
etwas von einem Hochstuhl irgendwo im Wald
erwähnt. Sie hat dort ihre Kreiden versteckt, und
war öfters dort. Die Frage ist nur in welchem Wald,
auf welchem Hochstuhl." Der Chef kratzte seine
Stirn. Immer ein Zeichen der Überlegung. "Gross,
stelle einen Suchtrupp zusammen. Vielleicht hast
du recht. Das ist unser einziger Anhaltspunkt." Wir
bildeten zweier Gruppen. Je mehr wir uns verteilen
konnten, desto höher war die Chance Mariella zu

finden. Stefanie und ich bildeten ein Team. Wir
kämpften uns durch den dichten Wald, bis wir am
Waldrand auf einen Hochstuhl stiessen. "Mariella!"
Riefen wir hinauf. Ich kletterte hoch. Wie ein Paket
zusammengepresst lag Mariella in der Ecke.
"Hallo, Mariella. Du brauchst keine Angst zu
haben. Ich bin Polizistin, und will dir helfen." Sie
schlug mit ihren Beinen aus. "Ich will nicht nach
Hause!" Schrie sie. Ich versuchte, sie zu beruhigen.
"Das musst du auch nicht. Hab keine Angst, komm.
Du gehst nie wieder zurück zu deinen Eltern. Sie
können dir nichts mehr antun. Ich weiss, was du
alles durchgemacht hast. Komm, hab keine Angst."
Langsam kam sie mir entgegen, und wir konnten
runter. Dank Stefanie war der Krankenwagen
bereits unterwegs. "Hier, hast du hunger?"
Während wir warteten gab ich ihr ein Brötchen,
welches ich eigentlich zu Mittag essen wollte aus
meinem Wagen. "Vielen dank." Sagte sie weinend.
Als der Krankenwagen nach einigen Minuten
eintraf, machten wir uns auf den Weg zum Haus.
Stefanie informierte den Chef über das
Geschehene.

Die Türe stand offen. Wir zückten unsere Waffen,

und schlichen uns hinein. Im Wohnzimmer flimmerte der Bildschirm. Da hörten wir plötzlich ein Geräusch aus Mariellas Zimmer. Wir stürmten hinein. Doch es war zu spät. Frau Zehnder lag regungslos auf dem Boden. Ihre Hände waren zusammengefaltet, als ob sie beten würde. Die Beine waren unter ihrem, mit Blumen besticktem Rock ganz gerade. Herr Zehnder hatte sich stranguliert. Der alte, braune Stuhl lag umgekippt auf dem Boden. Ich vermutete auf den Ersten Blick, dass Herr Zehnder seine Frau zu erst tötete, sie schön hinlegte, und dann sich selbst das Leben nahm. Was mir noch seltsam vorkam war, dass beide bekleidet waren, als wäre draußen der Sommer. Ihre Körper waren beide noch warm, also war es erst kürzlich geschehen. Unfassbar. Auf dem Boden lag ein Stück Papier. Ich nahm es zur Hand. *Das ist nur ihre Schuld!* Stand darauf. "Dieser Arsch!" Beschimpfte ich den Toten. "Gross, beruhige dich. Es ist vorbei." Sagte der Chef, der gerade eingetroffen war. Aber ich konnte mich nicht einfach beruhigen. Da versaut er der Tochter ihr ganzes Leben, und dann soll sie noch an allem schuld sein. Unglaublich.

4. Kapitel

Sonntag

Ich musste mir einen Tag frei nehmen, um das Geschehene zu verarbeiten. Doch Mariella brachte ich nicht mehr aus dem Kopf. Ich beschloss sie zu besuchen. So fuhr ich in meiner erst kürzlich gekauften, braunen Winterjacke nach Frauenfeld ins Krankenhaus. "Guten Tag. Ich möchte zu Mariella Zehnder." Guten Tag, Zimmer M6." Sagte die zierliche Frau am Schalter. Sie hatte also das gleiche Zimmer. Langsam öffnete ich nach dem Klopfen die Tür. "Mariella?" "Hallo." Ihre Augen strahlten vor Freude mich zu sehen. "Das ist aber nett, dass sie mich besuchen kommen." "Mach ich doch gerne. Nenn mich einfach nur Isabelle, du und nicht sie. Hier, ohne deine Lisa hätten wir dich nie gefunden." Sie war überglücklich, ihr Tagebuch zurück zu haben. "Vielen Dank, für alles." Wir umarmten uns. "Wenn du mein Tagebuch gelesen hast, dann kennst du bestimmt Tante Anna, oder?" Ich nickte. "Das bin ich." Ertönte eine leise Stimme hinter mir. "Guten Tag, freut mich sie kennen zu lernen. Passen sie gut auf die Kleine auf." Sie nickte stumm und lächelte freundlich. Ich verabschiedete mich von beiden und ging zur Tür. "Hey, Isabelle." Stoppte mich Mariella. Ich wandte mich zu ihr. "Hier, das brauche ich nicht mehr. Tante Anna kauft mir ein neues, für mein neues Leben." Sie gab mir ihr Tagebuch.

Zu Hause kuschelte ich mich aufs Sofa, mit meiner schwarzen Fernseh-Decke. Drinnen das Feuer, und draußen der Schnee. Es war wunderschön. Ich zappte rum, in der Hoffnung es würde was schlaues über den Bildschirm flattern. Doch außer schnulzigen Filmen lief da nichts. Das Tagebuch in der Hand, und die Frage im Kopf ob ich es im Feuer verbrennen soll, oder ob ich weiter darin lesen soll. Ich konnte nicht anders.

10.Dezember

Liebe Lisa. Heute durfte ich auf den Spielplatz. Ich kann mich nicht mehr daran erinnern, wann ich das letzte Mal dort war. Es hat riesen Spass gemacht. Ich schoss die Rutsche hinunter, schaukelte bis in den Himmel, und spielte mit anderen Kindern Fangen. Wie es halt so ist, bin ich auch mal hingefallen. Ich machte mir nichts draus, und spielte weiter. Um 18Uhr musste ich zu Hause sein. Ich war sogar zehn Minuten früher zu Hause. Als mich Mama mit dreckigen Kleidern sah, wurde sie sehr böse auf mich. "Da lassen wir dich einmal raus und du? Alles machst du schmutzig." leider hörte das Papa, und er zog mich an den Haaren durchs Haus ins Bad. Dort verhaute er mich mal wieder ganz schlimm, und ich konnte nur darauf warten, bis alles vorbei war.
Das war sehr schlimm. Als ich dann endlich ins Zimmer durfte, weinte ich wieder, wie immer, ins Kissen. Mama riss die Tür auf. "Geht das etwas leiser?" Noch so gerne, aber ich konnte mich nicht beruhigen. Es war schrecklich. Mama war so sauer, dass sie auch noch hauen musste. Ich hasse

Mama und Papa. Ich mag sie gar nicht mehr.

24.Dezember

*Fröhliche Weihnachten, Lisa. Zusammen mit
Mama und Papa durfte ich essen. Es gab gefüllte
Gans, und war auch sehr lecker. Tante Anna kam
nach dem Essen zu Besuch, um mir mein
Weihnachtsgeschenk zu geben. Ich bedankte mich
bei ihr, indem ich sie fest umarmte und sie ganz
fest küsste. "Los, pack es aus." Sagte sie. Schnell
packte ich es aus. Es waren nigelnagelneue
Schlittschuhe. Nur für mich! Sogar Mama und
Papa hatten ein Lächeln im Gesicht. Ich bedankte
mich noch Tausend mal.*
*Nach einer Weile musste Tante Anna aber wieder
gehen. Die Stimmung brach zusammen. "Du
glaubst, du darfst das Geschenk behalten?"
Fauchte mich Mama an, und Papa schleppte mich
in mein Zimmer. Dort musste ich wieder meine*

Hose ausziehen, und mich übers Bett legen. Und was dann passiert ist, kannst du dir ja vorstellen.

1.Januar

Hallo Lisa, ich wünsche dir ein gutes, neues Jahr. Na, hast du schön gefeiert? Da Mama und Papa Besuch erwarteten, musste ich gestern Mittag bis jetzt in den Keller. Es war sehr kalt. Ich musste viel weinen. Diesmal gab es nichts zu essen, und auch nichts zu trinken. Ich konnte sehr laute Musik von Oben hören, und Stimmen die ich nicht kannte. Als Mama und Papa ausgeschlafen haben, kam mich Papa wieder holen. Kein guten Morgen, kein gutes neues Jahr. Er zog mich an den Haaren die Treppen hinauf. "Räum das auf!" Brüllte er mich an. Ich musste den Dreck von letzter Nacht aufräumen, während Mama und Papa Fern sehen konnten. "Nicht so laut, wir hören sonst nichts." Sagte Mama. So leise es ging räumte ich den Dreck weg. Überfüllte Aschenbecher, leere Bierflaschen und Chipspackungen. Als ich die letzte Bierflasche entsorgen wollte, fiel sie mir auf den Boden. Leider war diese noch halb voll. Just in diesem Moment schaute Mama zu mir, und sah alles. Im Stechschritt kam sie auf mich zu marschiert. "Kannst du nicht aufpassen, du versaust uns den ganzen Boden. Du Nichtsnutz." Sie schuppste mich bis zu meinem Bett. Sie verhaute mich, wie nie zuvor. Bis endlich Papa rief. "Hey, deine Serie fängt an." Abrupt hörte sie auf, und verschwand im Wohnzimmer.

Liebe Lisa. Heute habe ich den Entschluss gefasst, das was geschehen muss. Ich kann nicht mehr. Ich weiss, das habe ich schon öfters gesagt, aber jetzt meine ich es ernst. Ich muss mir was einfallen lassen. Schlaf gut.

Nun konnte ich nicht mehr. Ich wollte nicht noch mehr über diese schrecklichen Taten erfahren. Das Tagebuch schmiss ich ins Feuer. Für immer weg. Stefanie kam noch auf ein Bier vorbei. Es tat gut, mit ihr nochmals darüber zu sprechen. "Themenwechsel." Schlug Stefanie, nach einigen Tränen vor. Gehen wir noch in die Vision?" "Super Idee." Stimmte ich ihr zu. Die Vision war eine Bar, in der wir uns öfters mal ein Feierabendbier genehmigten. An diesem Sonntag war es, um auf andere Gedanken zu kommen.

Herstellung und Verlag:
Books on Demand GmbH, Norderstedt
ISBN 978-3-8370-5026-4